Helena Gomes

A CANÇÃO DE MONALISA

1ª edição

São Paulo — 2020

A canção de Monalisa

Copyright texto © Helena Gomes

Ilustração de capa Julio Carvalho
Revisão Editora Gaivota
Projeto gráfico Fernanda Peralta
Coordenação editorial Carolina Maluf

1ª edição — 2020

CIP-BRASIL. CATALOGAÇÃO NA PUBLICAÇÃO
SINDICATO NACIONAL DOS EDITORES DE LIVROS, RJ

G614c   Gomes, Helena

        A canção de Monalisa / Helena Gomes. - 1. ed. - São Paulo : Gaivota, 2019.
        208 p. ; 21 cm.

        ISBN 978-85-64816-89-3

        1. Ficção brasileira. I. Título.

19-56637   CDD: 869.3
                                       CDU: 82-3(81)

Vanessa Mafra Xavier Salgado - Bibliotecária - CRB-7/6644
24/04/2019 24/04/2019

Edição em conformidade com o acordo ortográfico da língua portuguesa.

Todos os direitos desta edição reservados à **Editora Gaivota Ltda.**
Rua Barra Funda, 849 — Barra Funda — CEP 01152-000
São Paulo — SP — Brasil
Tel: (11) 3081 5739 | (11) 3081 5741
E-mail: contato@editoragaivota.com.br
Site: www.editorabiruta.com.br

A reprodução de qualquer parte desta obra é ilegal e configura uma apropriação indevida dos direitos intelectuais e patrimoniais do autor.

Este livro foi composto nas fontes Cardo (texto) e Didot (títulos), e impresso em papel offset 75g/m² pela Impressul Indústria Gráfica, para a Editora Gaivota, em março de 2020.

Meus agradecimentos para
Celso Calixto Rios, Susana Ventura,
Secretaria da Cultura do Estado
de São Paulo, Pinacoteca do Estado
de São Paulo, Museu de Arte Sacra
de São Paulo, Museu de Arte de
São Paulo Assis Chateaubriand,
Divisão de Informação Documental
da Fundação Biblioteca Nacional
e Acervo Artístico-Cultural
dos Palácios do Governo do
Estado de São Paulo.

SUMÁRIO

PRÓLOGO Aurélia 7

CAPÍTULO 1 O casarão branco 9

CAPÍTULO 2 O quadro 19

CAPÍTULO 3 Desafio 25

CAPÍTULO 4 Os irmãos 35

CAPÍTULO 5 A empregada 43

CAPÍTULO 6 *Pizza marguerita* 55

CAPÍTULO 7 A exposição 63

CAPÍTULO 8 Juventude 75

CAPÍTULO 9 Monalisa 83

CAPÍTULO 10 A refeição 89

CAPÍTULO 11 Despedida 101

CAPÍTULO 12 Uma nova chance 111

CAPÍTULO 13 A prisão 115

CAPÍTULO 14 Reencontro 127

CAPÍTULO 15 Fome 133

CAPÍTULO 16 A gravação 149

CAPÍTULO 17 Mentiras 155

CAPÍTULO 18 Ataque 163

CAPÍTULO 19 Decisões 171

EPÍLOGO O alvo 175

Caderno de imagens 185

Sobre a autora 208

PRÓLOGO
Aurélia

São Vicente, 1898

Perdida em reflexões, a jovem avançava pela mesma rua de sempre, de terra, ladeada pela vegetação rasteira de jundu e uma ou outra casa esporádica. Vinha dos lados da Biquinha de Anchieta, onde no século XVI o famoso jesuíta catequizava os índios e aproveitava para beber a água fresca e cristalina da nascente do morro, junto à praia. Mais de trezentos anos depois, aquela ainda era a principal fonte que abastecia os moradores da cidade.

A jovem tinha uma boa caminhada pela frente. Morava próximo a um dos afluentes do Rio do Sapeiro, com seus inúmeros sapos que não se importavam em dividir terreno com a vizinhança humana.

— Srta. Aurélia? — alguém gritou o nome da jovem.

Ela se voltou para o rapaz que, esbaforido, vinha

correndo até ela. Viam-se com frequência havia semanas naquele mesmo local. Aurélia em seu percurso para casa, após mais um período de trabalho como aprendiz para uma costureira, e ele antes de ir para suas aulas de desenho e pintura no ateliê do grande mestre que estudara em Paris, Benedito Calixto.

Arfando, o rapaz parou diante dela.

— A senhorita não mudou de ideia, não é? — disse pausadamente para que o nervosismo e a falta de fôlego não o atrapalhassem.

Desde a primeira conversa entre os dois, ele insistia no mesmo convite. A jovem tinha que posar como modelo para as suas aulas!

— A senhorita é a mais bela entre as belas... — dizia com frequência, entre outros elogios.

Tantos que finalmente ela cedera. Combinara de ir ao ateliê na tarde seguinte, na primeira aula do rapaz após o mestre retornar de uma viagem ao Rio de Janeiro, onde fora agraciado com um prêmio importante.

— Não mudei de ideia, senhor — a jovem respondeu. — Fique tranquilo.

Aurélia sorriu, sem desconfiar de que o futuro já estava atrelado a um terrível feitiço.

CAPÍTULO 1
O casarão branco

Santos, dias de hoje

O que faz uma adolescente

paulistana de dezesseis anos quando passa as férias no apartamento da avó que mora no litoral, num prédio em frente ao mar? "Pega uma praia", certo? Errado. O mês é julho, o frio de inverno faz doer a alma e a chuva resolve adotar para si o adjetivo interminável.

A segunda e a terceira respostas possíveis, "passeia no *shopping*" e "vai ao cinema", também não valem se ela gastou antecipadamente três meses de mesada e já assistiu a todos os filmes em cartaz. Outra possibilidade, "sai para a balada", só funcionaria à noite, e isso se os pais dela permitissem.

"Vê séries de TV", "dorme o dia todo" e "fica pendurada nas redes sociais" são possibilidades que ela considerou, mas acabou descartando. A avó sugeriu mais leitura; recebeu em troca uma careta. Desde que chegara havia cinco dias, a garota já devorara dois romances policiais de quase quinhentas páginas cada um.

Leandra queria mais. Queria férias de verdade, do tipo inesquecíveis.

Uma viagem para o Canadá, por exemplo, seria muito bem-vinda. Ou alguns dias perambulando pela Europa... Mas estava aqui, no Brasil mesmo, mais especificamente em Santos, onde passava as férias escolares desde que se entendia por gente.

Enquanto isso, os pais, ambos dentistas, participavam de um congresso no Uruguai. Iam aproveitar a ocasião e esticar mais uns dias no que chamaram de "segunda e necessária lua de mel".

Para Leandra, restara ficar com a avó. E, pior, sem dinheiro para comprar o que mais gostava: roupas e calçados de grife, maquiagem e, claro, um novo celular de última geração, pois o seu já tinha alguns meses de idade. A mãe deixara bem claro que ela estava proibida de fazer uma compra sequer.

— Você precisa aprender a gastar de acordo com a nossa renda — tentara lhe ensinar.

— Não somos ricos! — reforçara o pai, preocupado com a filha que sempre queria mais do que podiam pagar.

"Um dia ainda terei muito dinheiro", a garota sonhava.

Suspirando, ela se debruçou na grade da varanda que contornava todo o lado direito do apartamento, permitindo que os quartos e a sala tivessem acesso direto ao espaço. Em um dia ensolarado, a vista seria incrível, com os jardins da praia estendendo-se à esquerda até a ponta extrema da ilha, no bairro Ponta da Praia, e à direita até a divisa com São Vicente. Leandra avistaria também uma parte desse município vizinho e até os morros de outra cidade, Praia Grande. Se voltasse a olhar para a esquerda, do outro lado do canal do estuário veria a Ilha de Santo Amaro. À sua frente, na baía, encontraria os navios ancorados à espera da permissão para entrarem no porto santista.

Com a chuva e a neblina daquela manhã, tudo não passava de um imenso e comprido borrão acinzentado. A umidade colava na pele e nas roupas, deixando-a mais friorenta do que se estivesse em sua casa, no bairro do Butantã.

Novamente suspirou. Nisso, olhou para baixo. O prédio ficava ao lado de um antigo casarão branco, onde funcionava um museu ou algo assim.

— O que é mesmo essa casa lá embaixo? — gritou para a avó, que conversava na cozinha com a empregada.

— A Pinacoteca Benedicto Calixto. — Foi a resposta.

— De quem?

— Do Calixto.

— Ahn.

Nem imaginava quem seria. O casarão era do início do século XX, com vitrais, balcão, varanda e terraço dignos de um filme de época, jardim extenso, árvores frondosas e um estacionamento ao fundo com passagem para a rua detrás.

— Vó, cobra ingresso?

— Não, é só entrar.

Leandra foi para o interior do apartamento, fez uma maquiagem leve, trocou a calça do pijama por *jeans*, calçou as botas de cano alto, ajeitou os cabelos tingidos de loiro, vestiu a jaqueta por cima do suéter, conferiu o visual e, pegando um guarda-chuva e o molho extra de chaves, avisou para onde estava indo.

— Um pouco de cultura lhe fará bem! — incentivou a avó, brincalhona.

Foi só sair do prédio, cair na avenida da praia, dar alguns passos e entrar na Pinacoteca. Na guarita, o vigilante avaliou-a como avaliaria qualquer outro visitante. Não viu mais do que uma adolescente muito bem arrumada, de nariz empinado e com jeito de turista endinheirada atravessando o caminho de pedra até o imóvel como se andasse por um dos luxuosos *shoppings* da capital.

De perto, o casarão branco ampliava seu charme sobre Leandra. Pelo que descobriu numa rápida pesquisa usando a Internet no celular, o imóvel apresentava um estilo eclético por ter diversos detalhes decorativos *art nouveau* em meio a uma decoração clássica.

"Seja lá o que isso quer dizer", resmungou em pensamento. Devia ter prestado mais atenção às aulas de arte no colégio.

— Paredes pintadas com emblemas de flor-de-lis, símbolos geométricos, colibris em voo... — Leandra leu as informações no celular. — Detalhes em gesso de flores e frutas... A sala de música com pinturas de instrumentos musicais... É, faz sentido. Também deve ser bonito lá dentro.

O mais curioso era a história do imóvel. Construído no final do século XIX e reformado por outros proprietários, transformou-se em um palacete da época de ouro da cafeicultura paulista. Décadas mais tarde, passou um período de depredação e abandono, funcionando como cortiço, até a prefeitura conseguir desapropriar o imóvel e dar posse ao município para preservar um dos últimos casarões que sobreviveram à especulação imobiliária na avenida da praia. Com o tombamento, veio o longo e minucioso processo de restauração e, para cuidar dos assuntos administrativos e jurídicos da futura Pinacoteca, uma fundação foi criada.

Antes de entrar, Leandra espiou o amplo jardim, suas alamedas e os bancos de pedra com arremates esculpidos em gesso. Ainda segundo o texto, para reforçar o que sobrara da vegetação original, haviam sido plantadas algumas espécies, entre azaleias, jasmins-do-cabo, hera, palmeiras e ipês-amarelos.

A porta para os visitantes não era pela frente do imóvel e sim pela lateral. Após fechar o guarda-chuva, a garota deixou-o atrás da porta e subiu alguns degraus de uma escada de mármore. Entrava em um cenário pertencente ao passado, o que a inspirou a registrar a ocasião numa foto de si mesma no local. Rapidamente postou-a nas redes sociais, com a marcação de onde se encontrava.

Como sua pesquisa informara, tetos e paredes tinham pinturas delicadas de motivos variados, assim como os vitrais. Havia um piano, detalhes em relevo no teto e no alto das colunas decoradas, os pórticos e seus enfeites... Impressionava.

Naquela quinzena, o local recebia uma mostra itinerante de fotojornalismo. Uma sala entre o primeiro e o segundo lances da escadaria, que seguia com corrimões e gradil de flores, frutas e folhas em ferro, registrava em painéis a história do casarão. Já no primeiro andar, ficava a exposição permanente de algumas obras do artista que nomeava a Pinacoteca, Benedito Calixto, com o acervo dividido por temas — retratos, arte sacra, marinhas e cenas históricas.

Sobre o artista, Leandra não chegou a pesquisar. Nunca se interessou por pintura e não era aquela visita gerada pela absoluta falta de opções que mudaria isso.

Curiosamente, as fotos da exposição faziam um contraponto interessante com os quadros de Calixto, que reinterpretavam a realidade com o máximo de perfeição em cada detalhe. "O cara devia ser muito perfeccionista", deduziu.

Na pequenina sala dos retratos, observou trabalhos em que o artista pintara pessoas de sua época e também recriara figuras históricas, como Brás Cubas, fundador da cidade, e o padre voador Bartolomeu de Gusmão.

Leandra não prestou muita atenção nas obras sacras, mas apostava que Calixto tinha sido um católico fervoroso. Por outro lado, gastou bastante tempo analisando as cenas históricas, tentando contrapor mentalmente os lugares que conhecia em Santos com as recriações dos mesmos locais no período colonial.

Pelo que leu em um painel no corredor, o artista também fora um historiador preocupado em resgatar e reconstituir o passado da região. Ela fez mais fotos e as postou na Internet.

Por fim, havia a sala com as marinhas, quadros com paisagens litorâneas, e uma mesa com tampa de vidro com objetos pessoais do artista, como a bengala, pincéis, a paleta quadrada e um exemplar do livro que ele publicou em 1927, *Capitanias Paulistas*. Em outra sala, uma segunda mesa trazia sua câmera fotográfica e os pesados negativos em vidro daqueles tempos.

Leandra mal espiou uma das marinhas e um estranho sibilo invadiu-lhe os ouvidos. Era melódico, como uma canção. Foi ganhando intensidade e volume... A garota sacudiu a cabeça, cobriu as orelhas. Não se livrou daquilo.

Estava sozinha no ambiente, mas no corredor vislumbrou um casal idoso, que ia para a sala de arte sacra, e um rapaz que espiava a tela do celular. Nenhum deles parecia ouvir o som estranho, contínuo.

E que vinha de uma das marinhas... Uma que retratava a Praia do Gonzaguinha, em São Vicente.

Leandra foi se aproximando, o coração aos pulos, a tal canção ganhando palavras que não compreendia. Ela estendeu o braço direito para frente, apontou o dedo indicador para a tela. Ia tocá-la...

— É proibido tocar nos quadros — disse alguém, pegando-a pelo braço.

Só naquele instante Leandra percebeu que prendia a respiração. Engasgou-se ao respirar e sentiu-se tonta, como se o chão lhe faltasse. Amparando-a, quem a impedira arrastou-a dali. Era o rapaz do corredor.

Quando deu por si, ela estava em um dos bancos molhados do jardim, respirando ar gelado e estranhamente reconfortante. A chuva dera uma curta pausa.

— Achei que ia vomitar — comentou, olhando para o rapaz que se sentara ao seu lado.

Poucos centímetros mais alto do que ela, que não chegava a 1,60 m, o rapaz de pele morena tinha olhos escuros e amendoados. Seus cabelos negros, lisos e compridos estavam presos num discreto rabo de cavalo junto ao pescoço.

Um tipo diferente, bonito e muito charmoso, usando um sobretudo preto, calça *jeans* da mesma cor e botas coturno. Leandra calculou que ele não tivesse mais do que vinte anos.

— O que fez você agir daquele jeito esquisito? — ele disse enquanto a avaliava com seriedade demais.

— Um som que vinha daquele quadro...

— Que som?

— Parecia uma canção. Você não ouviu?

Ele tinha um leve sotaque, francês talvez.

— Essa canção tinha palavras? — perguntou.

— Você não me acha doida por ouvir um quadro cantando? — a garota disse para tentar fazê-lo relaxar e para relaxar também. O olhar enigmático do rapaz sobre ela pretendia desvendar-lhe a alma.

— Tinha palavras ou não?

Leandra franziu a testa, incomodada com o tom de interrogatório.

— Acho que sim — acabou respondendo. — Não deu para distinguir.

Nesse instante, recomeçou a chover, gotas grossas e pesadas que encharcariam os dois em segundos. Leandra, no entanto, não saiu do lugar. Ele também não.

— Nunca mais volte aqui — disse o rapaz. Não era um conselho e sim uma ordem.

— Por quê?

— Melhor não descobrir, entendeu?

Não, ela não entendia, mas assentiu como se entendesse.

— O mal-estar já passou? Se quiser, posso acompanhá-la até a sua casa — o rapaz ofereceu.

A garota mordeu os lábios. Não entregaria seu endereço a um desconhecido, principalmente a um que se revelava bastante ameaçador.

— Leandra, sai já dessa chuva! — Foram palavras que chegaram aos dois, abafadas pela chuva.

Tanto ela quanto o rapaz olharam para cima, na mesma direção. No prédio vizinho, Lucinda, a avó de Leandra, berrava e gesticulava para ela da varanda de seu apartamento.

"Muito obrigada, vó, por revelar o nosso endereço!", ironizou um pensamento de Leandra. Na postura mais indiferente que a sua raiva permitia, ela se levantou e foi até o seu guarda-chuva, ainda encostado atrás da porta.

Foi embora sem olhar para trás, embora sentisse a atenção do rapaz seguindo cada movimento seu.

CAPÍTULO 2
O quadro

Quem aquele rapaz pensava que era para lhe dar ordens? Já bastava ter que aturar ordens do pai, da mãe, da avó, dos professores... Gente demais para obedecer e para lhe dar bronca.

Sozinha no quarto de hóspedes, Leandra vasculhou tudo o que havia na Internet sobre o tal quadro. Descobriu que Calixto nasceu em 1853 na cidade de Itanhaém, litoral sul de São Paulo e a menos de duas horas de viagem de Santos. Que casou com uma prima, teve três filhos e que, quando seu trabalho de pintura em um teatro santista impressionou um visconde, esse pagou do próprio bolso para que o artista fosse aprimorar seu talento em Paris. De volta ao Brasil, trouxe na bagagem a câmera fotográfica para registrar cenas e paisagens antes de desenhá-las e pintá-las, tornando-se o primeiro no país a utilizar a técnica.

Havia tanta informação sobre ele... Que uma vez, para criar a tela *A Fundação de São Vicente*, chamou índios de verdade de uma aldeia da região e, com eles, montou em seu quintal o cenário que desejava pintar.

— Sim, acertei! — Leandra pensou em voz alta.

— Ele era perfeccionista e detalhista ao extremo!

Calixto morou em cidades como Brotas, São Paulo e Santos, mas foi em São Vicente que construiu sua casa e o ateliê. Fez pinturas para igrejas, teve quadros premiados, realizou exposições importantes. Seu trabalho conquistou respeito e admiração, em especial da emergente elite paulista, ansiosa para ter os próprios artistas que a representassem.

Como definiu um dos textos, "sua arte testemunha a transição do século XIX para o XX, do Brasil pacato do fim do império para o início da modernização do país, com a república. É também um registro da cultura caiçara e das transformações urbanas na capital, no interior e, principalmente, no litoral do estado de São Paulo".

Já sobre o quadro que cantava, Leandra mal conseguiu alguma informação. Chamado apenas de *A praia*, estivera nas mãos de um colecionador até o mês anterior, quando ele decidira doá-lo à Pinacoteca, o que gerara reportagens na imprensa local. Ninguém sabia quando Calixto o pintara.

Analisando a reprodução da tela divulgada pela Pinacoteca, novamente a garota identificou a Praia do Gonzaguinha, em São Vicente. Dava para ver a Ilha Porchat ao fundo, a tranquilidade do mar naquela baía, a região inabitada ainda.

E só.

Não havia uma única presença humana na tela. Nada incomum, diferente, sonoro.

Ou mágico.

A pesquisa avançou pela madrugada e tomou outro rumo, sobre a história de São Vicente e o que mais pudesse ajudá-la a entender o período em que Calixto viveu até morrer de infarto em 1927, com quase 74 anos.

Amanhecia quando Leandra finalmente desabou de sono sobre o *notebook*, já sonhando com pincéis, tintas, praias e música. Lá pelo meio-dia, Lucinda foi despertá-la.

— Tome um banho rápido e venha almoçar — disse a avó. — Vou à Academia agora à tarde. Você prometeu ir junto, lembra?

Não era uma academia para atividades físicas, mas a Academia Feminina de Ciências, Letras e Artes, da qual Lucinda participava por sua importante contribuição como poetisa santista. As reuniões, mensais, ocorriam numa sala de um prédio comercial perto de um *shopping*, no bairro do Gonzaga.

Claro que foi para o *shopping* que Leandra escapuliu após cumprimentar as acadêmicas e inventar uma desculpa para a fuga. A avó olhou torto para ela, porém nada pôde fazer para detê-la.

Enfim sentindo-se em seu habitat entre lojas e mais lojas, Leandra lamentou não ter muito dinheiro em sua bolsa de grife. Pelo menos passaria as duas horas seguintes, a duração do encontro na Academia, contemplando vitrines e sonhando com o que desejava comprar.

Foi numa dessas vitrines que viu o reflexo do rapaz da Pinacoteca, com o mesmo sobretudo preto, as botas coturno e, para variar, calça *jeans* azul-clara. Pela expressão concentrada dele e por sua postura intimidante, parado atrás da garota a alguns metros de distância, não parecia coincidência encontrá-lo ali. Ele a seguia.

Leandra fingiu não reparar nele. Só atravessou rapidamente a curta distância que a separava de uma dupla porta de vidro, saiu do *shopping*, desembocou em um ponto de táxi, entrou no primeiro veículo da fila e, olhando para trás enquanto o motorista partia, constatou que o rapaz não conseguira acompanhá-la.

— Pinacoteca — ela informou ao motorista o destino da viagem.

Em pouco tempo, entrava na sala das marinhas. Estava vazia como antes e, dessa vez, sem sibilos e cantorias. O quadro *A praia* continuava no mesmo lugar, em destaque na parede dos fundos.

A passos hesitantes, Leandra foi se aproximando dele, enquanto seus olhos captavam um detalhe que não vira na véspera nem na reprodução divulgada para a imprensa.

Havia uma mancha vermelha e mínima num trecho do mar de tons esverdeados. Algo que flutuava por baixo de uma camada de água e que se mexia... Uma mulher de vestido vermelho, em miniatura.

A garota novamente estendeu o braço, apontando o dedo indicador para a tela. Não a tocou, porém. Tremia.

Nesse segundo, o sibilo recomeçou. Tomou-lhe toda a audição, os pensamentos. Sim, era mesmo uma canção. E tinha palavras... De repente cessou, dando espaço ao silêncio que seria quebrado.

— Liberte-me... — sussurrou uma voz feminina.

Leandra virou-se lentamente para a esquerda, para a figura etérea que surgira ao seu lado e lhe pedia ajuda: uma moça loira, belíssima, com um vestido longo e vermelho, um modelo saído do final do século XIX.

A garota fitou-a, depois voltou a olhar para a mancha flutuante e novamente para ela.

A mancha... *Era aquela moça!*

Ela fora aprisionada no quadro... E de alguma forma se projetava dali para o pedido de socorro.

— Quem fez isso com você? — Leandra perguntou.

A moça só indicou quem acabava de chegar.

O rapaz com o sobretudo preto.

Ao vê-la, ele empalideceu. E pareceu se desesperar com Leandra prestes a tocar a tela.

— Não faça isso — ele pediu.

— Se eu fizer, vou libertá-la?

— Você morre.

Talvez o rapaz mentisse para afastá-la, mas o instinto de sobrevivência de Leandra resolveu confiar nele. Ainda tremendo, ela recuou.

Diante da presença do rapaz, a figura etérea emudeceu e foi se desmanchando até sobrar apenas o vazio.

Sentindo uma vertigem atordoante, Leandra não conseguiu se manter em pé. Desabou no chão, perdendo a consciência.

A última coisa que registrou foi o rapaz correndo até ela.

CAPÍTULO 3
Desafio

Leandra despertou com sede e um gosto amargo na boca. Estava estendida na maca de algum pronto-socorro, com uma preocupada Lucinda ao seu lado.

— Olá, meu amor — disse ela. — Como está se sentindo?

— Melhor, vó. Como vim parar aqui?

— Um rapaz encontrou você desmaiada numa das salas da Pinacoteca e chamou uma ambulância.

— Esse rapaz... Você falou com ele?

— Ele me ligou avisando. Ainda bem que você colocou meu número entre os telefones de emergência do teu celular.

— Ele... veio comigo na ambulância?

— Sim. E ficou com você até que eu chegasse. Aliás, gostei bastante dele. Muito gentil e...

— E...?

— Era com ele que você conversava ontem debaixo da chuva, não era? Vocês se conheceram na Pinacoteca e foi por isso que você saiu correndo da reunião para ir encontrá-lo. Por que não me falou? Eu não ia brigar com você. Só ia querer conhecer melhor o moço e...

— E fazer milhões de perguntas para o coitado — Leandra achou melhor colaborar com a dedução errônea de Lucinda. Ela jamais acreditaria em quadros cantantes e figuras etéreas pedindo socorro.

— Sim, afinal ele ainda é um desconhecido.

— E o que descobriu sobre ele?

— Pouco. — Sem dúvida, mais do que a garota sabia. — Esperava que você me desse a ficha completa.

— Ele não lhe disse o próprio nome e o que faz da vida? — tentou descobrir.

— Disse. Mas isso você já sabe, não?

Leandra calou-se e virou-se para o outro lado, seu medo conspirando contra o rapaz. A gentileza em avisar alguém da família, vir na ambulância e ainda esperar por Lucinda não passava de uma estratégia para descobrir mais sobre a garota, cercá-la, acuá-la... Novamente ele a impedira de tocar na pintura. Por quê? Um toque libertaria a moça de vermelho?

E o que viria depois disso? Ele eliminaria Leandra por ela ter descoberto que ele aprisionara a moça em um quadro?

Aliás, quem acreditaria em Leandra se ela quisesse denunciá-lo? Essa possibilidade, com certeza, a protegia. Porém, não impediria o rapaz de fechar o cerco de ameaças ao seu redor.

A autorização para deixar o pronto-socorro veio somente na manhã seguinte, com a indicação do médico para procurar vários especialistas.

— Quanto exagero... — resmungou Leandra, mal-humorada.

— Tudo muito necessário — defendeu a avó. — Não liguei ontem para os seus pais porque eles largariam a lua de mel e voltariam correndo para cá. Então, mocinha, quem vai ficar de olho em você sou eu. Avise o seu paquera que, se quiser vê-la, terá que ser lá em casa, na minha sala e comigo junto!

A garota começou a rir, considerando-se a donzela medieval presa no alto da torre do castelo. Seria divertido e também mais seguro, pois ter Lucinda por perto inibiria qualquer ação do rapaz. Ao menos, ela achava que funcionaria.

A não ser que o rapaz fosse mais perigoso do que calculava.

Após um dia trancada em casa, finalmente Leandra pôde admirar da varanda um sol tímido que tomou coragem de aparecer, embora a friagem reinasse absoluta. Era sábado e a manhã convidava os corajosos a um passeio à beira-mar. Poucos ciclistas invadiam a ciclovia junto ao jardim praiano, uma e outra pessoa corriam pela calçada em seus agasalhos esportivos e a maioria optava por uma caminhada. Já o trânsito de veículos entre o calçadão da praia e os imóveis do outro lado da avenida era bem mais intenso.

Uma única pessoa destoava do contexto. Sob a sombra de uma árvore, o rapaz aguardava por Leandra. Ele trocara as botas por tênis e o sobretudo por um casaco de moletom, em cujos bolsos escondia as mãos. Os cabelos estavam soltos e embaralhavam-se com o vento que vinha do oceano.

Alguns metros adiante, dois policiais militares jogavam conversa fora enquanto vigiavam a movimentação. A viatura ocupava uma das vagas junto à calçada.

Ou seja, mais seguro impossível.

Pelo celular, Leandra respondeu a mais um dos inúmeros comentários recebidos numa postagem sua, numa rede social. Na véspera, divulgara a própria foto estendida na maca do pronto-socorro, contando que passara mal e fora parar ali.

"Estou melhor", digitou, agradecendo o interesse da tal Thaís Helena, uma colega de infância de quem nem se lembrava mais.

Após um banho demorado, Leandra escolheu para vestir uma meia-calça de lã fina, um short, uma camiseta e, por cima dela, um casaco. O par de tênis importado completou o visual inofensivo de maquiagem leve e cabelos presos numa trança. Se precisasse fugir, nada a atrapalharia.

Nem checou se o rapaz ainda a esperava. Pegou o molho de chaves e, sem avisar a avó, discretamente deixou o apartamento.

Na rua, atravessou a avenida sem pressa alguma e foi ao encontro de quem lhe devia inúmeras explicações.

— Qual é o seu nome? — intimou.
— Inácio.
— E o que faz da vida?
— Trabalho como arquiteto.
— É brasileiro?
— Sou.
— Mas esse sotaque francês...
— Moro na Bélgica.
— A terra do Hercule Poirot — como boa leitora de romances policiais, ela não pôde deixar de comentar.
— É — ele esboçou um sorriso que iluminaria seu rosto carrancudo. Conteve-se a tempo.
— Foi você que aprisionou aquela menina no quadro? Como foi possível? Como fez isso?

De esguelha, Inácio olhou para os policiais militares, que continuavam conversando.

— É uma velha história de família — disse. — Meu bisavô foi aluno do Calixto. A moça era modelo vivo das aulas e, não sei como aconteceu, acabou presa no quadro.

— Você o conheceu?
— Quem? — disse o rapaz, estremecendo.

— Seu bisavô.

— Não. Eu soube que o quadro apareceu depois de décadas de sumiço e, como estou no Brasil, aproveitei para vê-lo.

Leandra cruzou os braços. Não sabia bem o motivo, mas não acreditava nele.

— Por que você me falou para não tocar na pintura?

— Segundo a história da minha família, o quadro é amaldiçoado. Pode ser perigoso.

— E por que o Calixto pintaria um quadro amaldiçoado e perigoso?

— Não é dele. Foi o meu bisavô quem pintou.

— Mas tem a assinatura do Calixto!

— Naquela época, era comum o aluno reproduzir os quadros de seu professor e assinar com o nome dele.

— Se não é dele, por que a Pinacoteca aceitou a doação?

— Ainda estão analisando a obra para ter certeza.

— E quando tiverem certeza de que não é?

— Acho que arrumarão uma sala só para colocar os quadros falsos que atribuem ao Calixto. Há alguns por aí, sabe.

— E por que o seu bisavô pintaria um quadro amaldiçoado?

— Não sei.

Ela descruzou os braços, pôs as mãos nos bolsos traseiros do short. Ele se mantinha impassível.

— Outras pessoas já devem ter tocado naquela pintura, certo?

— Sim — o rapaz confirmou. — Ela foi restaurada.

— Se alguém tivesse visto ou ouvido algo estranho, haveria algum depoimento na Internet, alguma referência, sei lá. Eu ouvi a canção, Inácio, e vi a menina em miniatura flutuando no mar, quase na superfície...

— Também vi e ouvi.

— Por que só nós dois? Você é bisneto do autor do quadro. Mas... e eu? Parece que fui escolhida... E, se isso aconteceu, é porque posso ajudar a menina.

Enfim o rapaz fez algum movimento. Ele tirou as mãos do bolso do moletom e depois sacudiu os ombros e os braços. Estava tenso.

— A canção é um feitiço, Leandra. Por isso as palavras são ritmadas, atraíram você e...

— Quem lançou o feitiço? Seu bisavô? Ele era um bruxo ou algo assim? E por que aprisionar justo aquela menina? Por acaso era apaixonado por ela?

— Esqueça aquele maldito quadro, por favor. E nunca mais entre nessa Pinacoteca.

— Não dá para ignorar quando só eu posso fazer a diferença.

— Proíbo você de...

Como é? Proibi-la de alguma coisa? Nem pensar!

— Pois tente! — provocou.

A garota ia dar meia-volta, mas o rapaz a segurou pelo antebraço.

— Prometa não voltar lá — ele exigiu.

— Se eu gritar, o que acha que os PMs vão pensar de você?

Funcionou. Apesar de relutante, Inácio liberou-a.

Leandra só esperou a melhor oportunidade para atravessar a avenida. Como ele previu, ela não foi ao prédio onde se hospedava; escolhia os portões abertos da Pinacoteca. Sua decisão tinha gosto de rebeldia frente à suposta autoridade do rapaz.

Quando entrou na sala das marinhas, ele já andava ao seu lado. Tiveram que esperar a saída de três visitantes antes de se posicionarem a sós diante de *A praia*. Leandra pegou o celular, selecionou uma música bem barulhenta, aumentou o volume e colocou os fones de ouvidos. Nenhum feitiço iria capturá-la pela audição.

A mancha flutuante não estava lá. Na verdade, nada denunciava o quadro como amaldiçoado.

Leandra respirou fundo, estendeu o braço e apontou o dedo indicador para a pintura. Tremia mais do que antes, morta de medo ao pensar que poderia estar arriscando a própria vida. Mesmo assim, tinha que descobrir. Ia provar a ele que era uma adulta corajosa, que se importava com os outros, e não a criança mimada, irresponsável e compulsiva por compras como os pais a acusavam de ser.

Além disso, como não estava na Europa nem no Canadá, precisava fazer com que aquelas férias fossem inesquecíveis. Merecia muito mais do que ficar trancada na casa da avó.

— Faremos juntos — disse Inácio, mas ela não o escutou. Apenas viu a mão dele cobrindo a dela para tocarem o quadro ao mesmo tempo.

Foi o que aconteceu.

Houve a seguir um brilho intenso, depois a escuridão mais completa. Leandra foi aprisionada pelo próprio mar, engoliu água salgada, sufocando e se debatendo. A muito custo, veio à tona e inspirou fundo antes que a correnteza a arrastasse para baixo, com força.

A garota continuou afundando, mais e mais. O mar entrava por sua boca, por seu nariz, pelos ouvidos.

Morreria afogada se no último instante alguém não a puxasse para cima, de volta à superfície. Ela se deixou carregar mesmo quando, cambaleando, chegou à terra firme. Ambos caíram, a garota e seu salvador, ela tossindo e vomitando.

Outro par de braços a acudiu. Uma voz feminina falava com ela.

Quando se acalmou, Leandra sentou-se, atordoada. Uma jovem miúda, morena e meio índia sorria para ela, metida num vestido longo, simples e muito gasto.

Estavam numa praia deserta e comprida, com o sol ardendo em potência máxima de verão. Não correspondia à paisagem retratada no quadro. Era outro lugar que a garota não conseguia identificar.

— Onde estamos? — perguntou.

— Na Praia Grande — disse a jovem.

Não, impossível. A orla estaria apinhada de prédios e casas se estivessem na cidade vizinha a Santos. Além da moça, os outros únicos sinais de civilização eram um carro de bois — com o condutor e os dois animais olhando para a garota como se enxergassem um alienígena — e o rapaz que a salvara.

— Eu vi a senhora se afogando e o meu irmão

correu e entrou na água para tirá-la de lá — resumiu a jovem. — Sorte sua que estávamos passando bem agora.

O tal irmão também vestia roupas simples, como os caiçaras de antigamente retratados por Calixto. Ele se sentara na areia e, de fôlego recuperado, espiava Leandra com curiosidade.

Ela reparou melhor no rapaz. Seus cabelos negros e lisos estavam muito curtos, ele parecia mais jovem e mais magro...

Então, com um calafrio, ela compreendeu que não estava mais no século XXI e que aquele ali não era o bisavô de Inácio.

Fora o próprio rapaz, Inácio, o responsável por aprisionar em um quadro a moça de vermelho.

CAPÍTULO 4
Os irmãos

São Vicente, 1897

A primeira providência de Leandra foi ganhar a confiança de Jandira, a irmã de Inácio. Em lágrimas, inventou que fugia de um pai violento, que não tinha mãe nem outros parentes, que estava numa canoa e essa virou, que nadou muito até a exaustão e foi aí que quase se afogou.

Disse as invencionices na velocidade que sempre usava, rápida demais para aquela realidade. Como ninguém entendeu mais do que algumas palavras, ela tratou de recontar tudo sem pressa e gírias. Dali em diante, tomaria o cuidado de observar o vocabulário que Jandira dominava e como ela construía as frases. Seria mais fácil imitá-la.

A história não foi lá a melhor das mentiras, mas convenceu com facilidade os dois irmãos e o condutor do carro de bois. Aqueles deviam ser tempos mais ingênuos, a garota concluiu. Como acabou descobrindo, estavam nos últimos dias de dezembro de 1897.

Jandira deu-lhe um de seus três vestidos guardados numa trouxa e, com um sinal, mandou os dois homens se virarem de costas para que Leandra pudesse se trocar. Embora estranhasse o sutiã de bojo e a calcinha minúscula da garota, não fez nenhum comentário.

Para Leandra, o resultado da nova vestimenta foi eficiente — por transformá-la numa personagem daquela época — e muito horroroso também. Sentindo-se um saco de batatas de maquiagem borrada e descalça, ela lamentou a perda dos tênis na água, das chaves e, o que considerava pior, do celular e dos fones de ouvido.

Com o casaco, fez uma trouxa, onde pôs as outras peças de roupa molhada, e, seguindo Jandira e Inácio, subiu no carro de boi. Além de único veículo disponível, era também o único com resistência suficiente para aguentar a viagem difícil que empreendiam pela praia desde Itanhaém, de onde os irmãos eram, atravessando áreas alagadas e ribeirões desembocando no mar.

— Onde vocês moram em Itanhaém? — perguntou Leandra, para puxar conversa. E acrescentou um lugar que visitara uma vez naquela cidade. — Na Praia dos Sonhos?

— Ninguém mora lá — disse Jandira, franzindo o nariz.

— Não? Em nenhuma das praias?

— Só pescadores moram perto da praia. Nós viemos do nosso sítio, para os lados do Rio Branco.

Devia ser mais para o interior do município. Leandra imaginou os irmãos descendo de canoa o rio antes de alcançarem a praia e o transporte por carro de boi.

— Nossa mãe ficou sabendo que a dona Antoninha estava procurando uma empregada limpa e trabalhadeira — Jandira animou-se a contar a história completa. — Ela falou de mim para o vigário, que escreveu para a dona Antoninha avisando que ia me mandar para São Vicente. Somos muitos lá no sítio, sabe, gente pobre e humilde. Não se pode desperdiçar uma chance como essa, ainda mais quando é para trabalhar para a dona Antoninha.

— E quem é ela?

— Uma aparentada nossa que nem o marido dela, que é pintor famoso e estudado.

— O Benedito Calixto? — Leandra quase deu um pulo.

— Ele mesmo. Homem famoso esse.

— Nem me fale...

Fácil entender por que Jandira fora a escolhida. A jovem se expressava bem e devia aprender rápido. Muito diferente de Inácio que, viajando ao lado do condutor, tinha um jeitão arredio de bicho do mato, de cabeça baixa o tempo todo e envergonhado ao extremo. Leandra ainda não escutara sua voz, apenas os grunhidos com que ele respondia a alguma pergunta da irmã.

— E o seu irmão? — disse Leandra. — Também vai a São Vicente para arrumar trabalho?

— Ele só está me levando. Depois volta.

"Acho que ele não vai voltar", apostou a garota.

— Os dois têm esses cabelos pretos tão lisos, a pele morena e os olhos pequenos... Vocês têm sangue índio, não é? — quis confirmar.

— Por aqui — Jandira deu de ombros —, quem não tem?

— Entendi.

— Mas temos sangue português também e um avô alemão loiro na família. Dois sobrinhos nossos são clarinhos, de olho azul.

— E qual de vocês é o mais velho?

— O Inácio tem dezoito anos e eu, quinze. Entre nós, tinha uma irmã, que morreu no ano passado.

— De quê?

— De febre. Dos vinte filhos da nossa mãe, quatro não vingaram, essa irmã morreu de febre e teve dois que morreram de picada de cobra.

Vinte filhos... Leandra lera em algum lugar que as famílias costumavam ser numerosas e que a mortalidade infantil também era alta.

— E vocês são os mais velhos?

— Os do meio.

Para a filha única que Leandra era, ter tantas crianças convivendo no mesmo espaço soava como uma acirrada disputa de algum *reality show*. Para os pais, devia ser impossível dar atenção a todas elas. Imagine sustentá-las com o mesmo padrão de vida a que Leandra estava acostumada...

— Eu soube que a dona Antoninha perdeu três crianças antes de nascer a menina mais velha dela — disse Jandira.

E foi assim, narrando o que sabia da futura patroa e sua família, que a jovem preencheu parte da longa duração daquela viagem.

Quando começou a escurecer, Inácio acendeu uma pequena fogueira e Jandira dividiu entre eles uma generosa porção de mandioca cozida com peixe e algumas bananas. Dormiram uns perto dos outros, ao relento, sem medo de serem assaltados e com Leandra sonhando com uma ducha gelada, *yakisob*a de frango, sorvete de chocolate, sua camisola preferida e a confortável cama de seu quarto.

Ao raiar do novo dia, a garota foi despertada e, com um mau humor horrível, descobriu que precisaria usar a natureza como banheiro. Pacientemente Jandira guiou-a até detrás de alguns arbustos e, enquanto os homens estavam a alguma distância atendendo ao mesmo tipo de necessidade, Leandra teve que aprender a se virar.

Com a água potável que levavam, Jandira preparou café e depois distribuiu fatias de pão para cada um. Minutos depois, Inácio apagou a fogueira.

Faltava a última etapa da viagem.

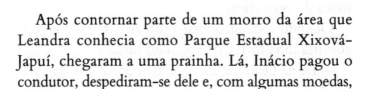

Após contornar parte de um morro da área que Leandra conhecia como Parque Estadual Xixová-Japuí, chegaram a uma prainha. Lá, Inácio pagou o condutor, despediram-se dele e, com algumas moedas, o rapaz contratou um canoeiro para atravessarem o trecho de mar que os separava da Ilha de São Vicente.

Durante a travessia, em vão a garota procurou pela Ponte Pênsil, uma encantadora ponte suspensa por torres e cabos de metal que só começaria a ser construída na década de 1910. Depois, à sua frente, constatou a amplitude de uma Praia do Gonzaguinha sem os seus inúmeros prédios, mas com uma orla de muita vegetação e poucas casas a grande distância da areia. Do lado direito, na ponta da baía de São Vicente, estava a ainda inabitada Ilha Porchat. Depois dela, viria a Praia do Itararé e a cidade vizinha, Santos.

Somente naquele momento a garota entendeu o que significava estar no passado.

De verdade.

E se jamais retornasse ao século XXI? Nunca mais encontraria os pais, a avó e os amigos, teria de volta a sua vida, o que amava e odiava. E tudo porque queria que as férias fossem inesquecíveis...

Leandra encolheu-se e começou a chorar baixinho. Inácio, à sua frente usando um dos remos, lançou-lhe um olhar preocupado, que desviou ao encontrar o dela.

"Tenha calma", pedia a esperança na mente da garota. "Este vilão ainda não é aluno do Calixto, não pintou o quadro amaldiçoado nem aprisionou nele a moça de vermelho..."

Quando o quadro fosse pintado... Então ela descobriria uma forma de voltar ao futuro.

— Dona Leandra, não vou abandoná-la — prometeu Jandira, carinhosamente segurando suas mãos.

— Pelo que o vigário disse, a casa é grande, tem as crianças e o *seo* Calixto trabalha muito e vive viajando. Só eu não darei conta. Dona Antoninha vai precisar de mais gente para ajudar.

CAPÍTULO 5
A empregada

Aquela moça era mesmo muito estranha. E o que dizer da mentira que inventou sobre estar fugindo e a canoa ter virado? Tão absurda que tanto Inácio quanto a irmã e até o condutor não tiveram alternativa a não ser fingir que acreditavam.

Para Jandira, que morria de pena da coitada, Leandra vinha de família rica, que por algum motivo a expulsara de casa. Suas mãos delicadas, sem um único calo, as unhas e os cabelos bem tratados, a postura orgulhosa e os modos refinados apenas comprovavam isso. Era uma menina que crescera no luxo, mimada e cheia de caprichos.

Inácio não estava muito certo de levá-la para a casa de Antoninha. Mas, se a moça não tinha onde cair morta, não podiam abandoná-la.

Além disso, ela o intrigava. Como afinal fora parar dentro d'água? Para isso nem a esperta Jandira tinha uma explicação.

No geral, até que Leandra não era feia, uma magricela de rosto delicado e olhos expressivos. Ele também gostou de observá-la adormecida sob as estrelas, na praia. Apenas uma menina dormindo, desarmada de sua arrogância.

Com certeza, jamais trocaria uma palavra com ela simplesmente porque não saberia o que dizer e como dizer para que soasse educado. E não culpava apenas sua timidez; considerava-se alguém muito bruto e ignorante.

Podia ficar dias de boca fechada, sem emitir uma única palavra. Gostava de ouvir, de observar, mas isso só Jandira entendia. Os outros irmãos tratavam-no como um idiota desprovido de inteligência, o pai dizia que era culpa da mãe e ela já desistira de deixá-lo mais falante. Por sorte, na maior parte do tempo o rapaz passava despercebido entre tantos irmãos, cunhados e sobrinhos.

No sítio, trabalhava pesado na roça, de sol a sol. Às vezes, fugia para pescar, caçar e nadar no rio. Também escapava da missa e das procissões, como escapara da catequese. E tudo porque não queria encontrar pessoas que ririam dele, da sua falta de jeito para lidar com os outros.

Quando resolveram que Jandira iria trabalhar com Antoninha, Inácio foi a escolha seguinte para acompanhá-la na viagem.

— Aproveite e aprenda a se comportar como gente! — dissera-lhe a mãe.

Se fosse para levar outra irmã, o rapaz teria se refugiado na mata por dias. Mas era Jandira, a única que gostava dele. Faria esse sacrifício por ela.

E estava sendo mesmo um imenso desafio. Já tivera que negociar a viagem com o sujeito do carro de bois e a travessia com o canoeiro. A seguir, viria o mais difícil, quando tivesse que cumprimentar uma mulher importante como Antoninha. Depois ainda haveria todo o trajeto de volta à segurança de seu mundo, uma viagem que ele pretendia muito rápida.

Após o desembarque na ilha, passaram primeiro na Biquinha de Anchieta, que Jandira ansiava por conhecer. Leandra e ela aproveitaram para lavar rostos, braços e pés, enquanto ele se limitou a beber água.

— Vem tirar a areia, Inácio — mandou a irmã.

Com a atenção de Leandra sobre ele, o rapaz prendeu os olhos no chão e obedeceu. Não se sentiu melhor mais limpo. Transpirava, as mãos suavam frio, sua melhor roupa estava imunda e fedida após quase dois dias de viagem.

— Me deixa arrumar esse cabelo — disse Leandra, falando com ele. — Está todo espetado para cima.

Ele quis recuar, porém era tarde demais. A garota estava à sua frente, bem perto, e com os dedos ficou arrumando os fios da melhor maneira possível. Ele engoliu em seco e fechou os olhos. Teria que falar, agradecer, porém a palavra "obrigado" morreu na sua garganta.

Como os outros, Leandra também o acharia grosseiro. E pensar no que ela pensaria dele o deixou ainda mais envergonhado.

Quando a garota terminou, ele deu alguns passos para trás, abriu os olhos, fitou os pés dela e balançou a cabeça como agradecimento. Não conseguiria mais do que isso.

Jandira já perguntava a uma senhora onde ficava a casa do pintor Benedito Calixto, uma figura bastante conhecida na cidade. Não era longe dali.

Jandira bateu palmas junto ao portão e aguardaram. A casa de Calixto e Antoninha era grande, espaçosa e surpreendentemente simples. Não tinha o luxo que se esperava de um dono tão famoso.

Mas, para Inácio, pareceu um castelo digno de um rei. Admirado, ele analisou a estrutura, o modo como se estendia para os lados e para trás, calculando onde estaria cada cômodo. Pelo que Antoninha escrevera ao vigário, Calixto tinha muito orgulho de sua residência, erguida como tanto planejara no terreno que tinham adquirido após anos juntando dinheiro para a empreitada.

Obviamente a família se mudara havia pouco, com a construção do imóvel ainda por terminar. Faltava a pintura da fachada, o quintal extenso estava tomado pelo mato e por pilhas de entulho, as galinhas corriam soltas, a cocheira ainda não tinha telhado, a carroça estava quebrada e o trecho para a futura horta não fora escolhido. No final do terreno, com os fundos voltados para a praia, estava o ateliê e, perto dele, pastava um cavalo gordo e tranquilo.

Depois de alguns minutos, um menino de uns doze anos apareceu na janela, sinalizou para que continuassem aguardando e foi chamar a mãe. Era Sizenando, o filho do meio do casal.

Com pressa, Antoninha saiu da cozinha e, limpando as mãos em um avental, foi atendê-los. Inácio não se deixou enganar. Apesar de pequena e delicada, a esposa de Calixto inspirava autoridade, bastante à vontade em seu papel de mãe e esposa responsável por administrar a rotina da família.

— Bom dia, senhora — disse Jandira. — O vigário nos mandou.

Ela se apresentou e apresentou o irmão que, intimidado, mal moveu a cabeça em um cumprimento mudo. Leandra, à sua direita, parecia fascinada em conhecer a anfitriã.

— E esta é a dona Leandra — prosseguiu Jandira, indicando-a. — É prima da minha prima Zefinha — mentiu.

— Entrem, por favor, e sejam bem-vindos — disse Antoninha, simpática. — Vocês devem estar exaustos.

Conversando, as mulheres seguiram para o interior da casa; Inácio não as acompanhou. Cismado, ficou andando pelo quintal, tendo ideias para melhorias. Quando achou o melhor lugar para montar um galinheiro, foi atrás de madeira, prego, martelo e serrote. Depois, gastou algum tempo decidindo como o montaria.

No sítio, o pai sempre o ridicularizava por buscar soluções diferentes, fosse para uma armadilha de caça, para o curral ou para ampliar a choupana em que viviam.

— Não é assim que o meu pai me ensinou nem que o pai dele ensinou para ele — criticava.

Ali, naquela casa com tanto para se fazer, talvez não se importassem em deixá-lo colocar alguma ideia em prática.

Mentalmente fez algumas medições, cortou madeira e deu várias marteladas que não chamaram a atenção de ninguém na casa. Já estava na metade do trabalho quando um homem se aproximou, vindo da rua, e parou ao seu lado.

— É o galinheiro? — ele quis confirmar. Inácio assentiu. E estremeceu ao deduzir quem era: o próprio Benedito Calixto. — E por que aqui e não em outro lugar do quintal?

Nervoso, o rapaz sentiu a garganta fechar. Quem achava que era para construir o que fosse na casa dos outros, ainda mais na casa de um homem culto e inteligente como aquele?

Calixto permanecia à espera de uma resposta. Tinha a altura de Inácio, cabelos rebeldes e escuros, nariz grande e pele morena; estava acima do peso. Um bigode farto, com pontas finas, mal escondia uma boca larga.

— Fica ao... abrigo do... vento do mar — o rapaz

forçou-se a falar, baixando a cabeça. Um fio de voz que mal se ouvia.

— Ali também ficaria. — Calixto apontou para a esquerda.

Inácio teria que se esforçar mais.

— Mas ficaria sem a sombra dessa árvore. Ia... bater muito sol.

— Tem razão. Aqui, ao mesmo tempo em que a sombra protege, ela permitirá que a luz chegue às galinhas. E onde pensou em colocar a porta?

Ele mostrou, explicando que seria um galinheiro aberto, para as aves terem mais espaço e para que pudessem ser soltas sem se espalharem pelo quintal. Indicou ainda onde ficariam os poleiros, os ninhos de palha e serragem, as caixas de terra, as janelas teladas. Contou o que pensara para protegê-las dos predadores.

— É um bom projeto — elogiou Calixto, deixando-o morto de vergonha e imensamente feliz. — Você vai precisar de ajuda.

Ao se livrar do chapéu, do paletó e do colete, o mestre arregaçou as mangas e se pôs a trabalhar. Marceneiro fora a sua primeira profissão, a que aprendera com o pai.

Inácio acabou passando a noite em um quartinho dos fundos, entre a despensa e o aposento que Jandira e Leandra passaram a dividir. Pela manhã, decidiu limpar o quintal antes de plantar as espécies que Calixto e a esposa escolheriam.

O trabalho levou alguns dias até que pudesse se dedicar à horta, ao telhado da cocheira, ao conserto da carroça, à pintura da fachada, à troca da calha que já quebrara e a mais tantos detalhes finais da obra.

Antoninha arrumou para ele algumas roupas velhas do marido e, como toda patroa, tratou de lhe dar ordens como daria a um empregado, embora o rapaz não soubesse se tinha mesmo um emprego. Apenas foi ficando, cada vez gostando mais de estar ali, sendo útil, com espaço para executar o que achava melhor para a casa.

Após um mês, Antoninha deu-lhe o primeiro pagamento e avisou que escreveria ao vigário para lhe pedir um favor: avisar aos pais do rapaz que ele também conseguira trabalho junto à família.

Já Leandra se revelava a pior empregada possível. Não sabia fazer nada direito, vivia cansada e chorando pelos cantos. Jandira, que a muito custo convencera Antoninha a aceitá-la, não sabia mais como esconder da patroa aquela situação desastrosa. Andava sobrecarregada de serviço, pois fazia a parte dela e a de Leandra.

Para ajudar a irmã, Inácio também assumiu algumas tarefas domésticas. Era ele quem lidava com o pesado ferro a carvão enquanto Leandra, que não conseguia segurá-lo nem acendê-lo, estendia as roupas a serem passadas. Era o rapaz também quem a auxiliava na hora de torcer as roupas lavadas, que carregava baldes pesados de água, que acendia o fogão a lenha, que limpava a fossa.

— *Seo* Inácio, por favor! — ela vivia chamando e ele tinha que largar o que estivesse fazendo para acudi-la.

Da primeira vez que a garota viu Jandira quebrando o pescoço de uma galinha para o almoço, debulhou-se em lágrimas, jurando nunca mais comer carne. Ela também morria de medo dos sapos, dos camundongos e de todo e qualquer inseto; sobrava sempre para Inácio socorrê-la.

Leandra reclamava dos calos que surgiam em suas mãos, de dor nas costas, nos joelhos, nos braços. E ainda dizia coisas estranhas, perguntando-se quando inventariam a lavadora de roupas, o liquidificador, o ferro elétrico, o fogão a gás e o micro-ondas. Inácio anotava mentalmente aquelas palavras, mesmo sem saber se um dia descobriria o que significavam.

— Mas a melhor invenção será o *delivery*! — ela disse numa tarde, em seu monólogo com o rapaz que não sabia conversar com ela. — Basta ligar e entregam a comida em casa!

Para compensar tanta incompetência, Leandra provou ser uma ótima professora ao auxiliar Sizenando e a irmã caçula de dez anos, Pedrina, com as lições de casa quando as aulas do colégio tiveram início, em fevereiro. Também sempre arrumava tempo para fazer companhia à menina; juntas, brincavam de roda e de bonecas, pulavam corda e se divertiam nos balanços de madeira que Inácio montara para as crianças sob as árvores. Da filha mais velha de Calixto,

Fantina, tornou-se uma boa amiga. Tinham a mesma idade.

No final de uma manhã de março, um grito histérico ecoou pelo quintal, vindo do ateliê. A família saíra para visitar parentes e Inácio aproveitava para cuidar de um canteiro de flores.

— Dona Leandra — identificou o rapaz, num resmungo.

E lá foi ele salvá-la.

Era a primeira vez que ia ao ateliê. Quando estava trabalhando, Calixto não gostava que o incomodassem. Só costumava abrir as portas para mostrar seu trabalho a amigos e possíveis compradores, para os modelos que fotografava antes de desenhá-los e para as aulas de desenho e pintura que começara a ministrar a um rapazinho e ao tio dele.

Fascinado, Inácio contemplou os quadros, alguns prontos, outros em execução, pendurados nas paredes ou presos a cavaletes. Havia ainda desenhos em papéis, pilhas de livros, latas de tinta, paletas, pincéis e telas em branco ocupando espaços em mesas e estantes, além de sofás e cadeiras. Numa mesa, estava a câmera fotográfica trazida da França e uma pequena pilha de negativos de vidro.

Sentindo-se o mais estúpido dos seres vivos, o rapaz deu-se conta de que trabalhava para um gênio talentoso, capaz de recriar a realidade com cores e magia. "Nunca conseguirei fazer um rabisco sequer que se aproxime de tanta beleza", lamentou.

Ao vê-lo, Leandra correu até ele e agarrou-se às suas costas.

— Uma cobra quis me atacar... — gemeu, apavorada. — Atrás daquela mesa...

Com firmeza, Inácio livrou-se de seus braços e foi enfrentar o tal monstro.

Não muito maior do que uma minhoca, a cobra era tão inofensiva que nem reagiu quando ele a pegou, saiu do ateliê e a deixou num matagal mais adiante.

Foi nesse momento que a viu, a moça mais linda que jamais sonhou existir. Ela descia uma rua próxima, elegante em um vestido azul, os cabelos loiros e compridos soltos ao vento, os lábios rosados num sorriso distraído e os olhos grandes sem reparar em nada ao seu redor. Vinha dos lados da Biquinha.

Ele a acompanhou com o olhar até que sumisse de vista.

— *Seo* Inácio, o senhor matou a cobra? — berrou Leandra ao finalmente criar coragem de abandonar o ateliê.

O rapaz mordeu os lábios.

Por tão pouco tempo, tivera o privilégio de vislumbrar o sonho impossível.

CAPÍTULO 6
Pizza marguerita

São Vicente, 1898

Leandra não calculava que seria tão difícil se adaptar àquela vida. Os serviços domésticos eram dez vezes piores do que os do século XXI, sem nenhum recurso que facilitasse a rotina das pessoas. Tudo era complicado, muito trabalhoso. Nem vinha pronto numa embalagem.

Ainda bem que Jandira era a melhor amiga do mundo e, claro, havia Inácio. Àquela altura, Leandra não conseguia mais enxergar como vilão o rapaz introvertido e generoso, sempre ao seu lado para apoiá-la — de cara amarrada e sem dizer nada, obviamente.

Talvez... E se algum acontecimento tivesse transformado Inácio em um vilão? Se fosse isso, ela jamais permitiria que acontecesse.

Decidida a fazer a diferença, criou uma estratégia

muito simples: deixaria de ser a mera espectadora da vida de Inácio para interferir em seu futuro.

Após o episódio em que seu herói a salvara da assustadora cobra venenosa no ateliê, Leandra esforçou-se para não depender tanto dele. Apesar da certeza de que sempre seria uma empregada medíocre, começou a dar o melhor de si para não mais sobrecarregar Jandira.

A amiga agradeceu tanto empenho e até elogiou uma ou outra tarefa bem-feita. Já Inácio, estranhando a independência de Leandra, passou a espiá-la com mais frequência do que já espiava. E, antes mesmo que a garota recusasse a ajuda, ele aparecia do nada para carregar o cesto pesado com as roupas a serem estendidas nos varais, enxotava algum sapo que volta e meia visitava o quintal ou fazia com antecedência os serviços que ela mais odiava.

Nessas ocasiões, por mais que Leandra tentasse travar contato, não conseguia arrancar dele nenhum som. E foi justo por esse problema de comunicação que resolveu começar a sua empreitada.

Numa tarde, depois de dias tentando convencer Jandira a deixá-la cozinhar uma receita diferente, conseguiu assar uma versão rústica do que chamou de *pizza marguerita*: fatias de pão com molho de tomate, queijo e manjericão, regadas com um fio de azeite.

Educadamente a amiga provou um pedaço, disfarçou uma careta, disse que estava gostoso e tal, mas que a dona Antoninha não ia aprovar. Rapidamente se pôs a preparar outro prato para o jantar, com camarão e legumes.

Atraído pelo cheiro de comida, Inácio rondava a cozinha havia algum tempo.

— *Pizza marguerita* — Leandra apresentou a ele.

O rapaz tirou da assadeira a maior fatia de pão, deu uma mordida imensa e, aprovando a novidade, devorou-a em segundos. No instante em que Leandra se virou para pegar um pano de prato, ele aproveitou para pegar mais duas fatias e escapulir dali.

Ainda mastigava o último pedaço quando a garota o alcançou perto do portão. Como sempre, ele fitou os próprios pés para não a encarar.

— O que achou? — ela quis saber.

Ele sacudiu a cabeça para dizer que tinha gostado.

— Use palavras, *seo* Inácio — Leandra mandou.

Constrangido, o rapaz quis fugir, mas ela o aprisionou pelos pulsos.

— Palavras — insistiu. — Quero ouvir o senhor.

Inácio cerrou os olhos. Corava tanto que sua face devia estar pegando fogo.

— O senhor gostou ou não?

Após o que pareceu uma eternidade, Leandra escutou sua voz abafada.

— Sim.

— Por quê?

Sem entender, ele ergueu as pálpebras. Fitou a garota e, quando ela retribuiu o olhar, desviou o rosto.

— Por que gostou, *seo* Inácio?

Era como torturar um animal indefeso. A garota,

no entanto, não o deixaria em paz enquanto não o fizesse falar — e muito.

— O pão... — ele disse quase engolindo as palavras — ... fica diferente.

— Diferente como?

— Molhado no meio...

— E o que mais?

— O queijo... Nunca vi desse jeito.

— Derretido?

— Sim.

— E o que achou do manjericão?

— Bom.

— O senhor aprova a mistura?

— Sim.

— Por quê?

Inácio parecia implorar para que o interrogatório cessasse.

— Por quê? — ela repetiu, mais incisiva. — E explique com muitas palavras.

Quase riu, lembrando-se dos enunciados de suas provas no colégio.

O rapaz suava. Como se transmitisse segurança, Leandra pressionou-lhe os pulsos. "Vamos!", encorajou-o em pensamento.

— Sua receita é gostosa — disse Inácio, hesitante. — O pão foi cortado em fatias finas. Ganhou um gosto diferente, macio no meio. O molho de tomate se misturou ao queijo derretido. Colou na língua, muito bom. E o manjericão deu um gosto diferente.

Não era uma crítica gastronômica e como redação escolar precisaria de um vocabulário mais amplo, porém ouvi-lo articular frases inteiras alegrou tanto Leandra que ela não resistiu em puxá-lo para a rua.

— Venha dar um passeio — convidou.

Teve que largá-lo para que andassem lado a lado. Num gesto de nervosismo, Inácio limpou na calça comprida as mãos sujas de gordura. Leandra segurou-se para não o repreender; não podia estragar aquele tênue avanço conquistado.

— Converse comigo — ela pediu. E escutou a respiração profunda que veio como retorno.

Tomavam a direção da praia, deserta àquele horário. Sem dúvida, o rapaz escolhia e depois descartava assuntos. Acabou optando por uma solução previsível.

— Amanhã teremos mais um dia ensolarado — disse.

Do outro lado da baía, no continente, tons avermelhados começavam a esconder o sol atrás dos morros.

— Sim — ela se limitou a comentar.

Novamente lhe passava a missão de alimentar o diálogo.

— A senhora está melhorando — ele tentou elogiá-la.

— No quê?

— Como empregada.

— Quer dizer que antes eu não era uma boa empregada? — ela quis descontraí-lo.

Não funcionou. Inácio engasgou-se e quase deu meia-volta.

— Estou brincando com o senhor! — Leandra esclareceu. — Sou mesmo uma péssima empregada! Acho que agora só não estou tão ruim assim...

Ele esboçou um sorriso, que escondeu rapidamente. Mas Leandra pretendia ver todos os seus dentes.

No instante em que chegaram à praia, ela o surpreendeu com um ataque de cócegas na barriga. Pego desprevenido, ele cedeu ao riso, baixando suas defesas por segundos antes de reagir e tentar segurá-la pelos antebraços.

Na verdade, só tentar mesmo, porque Leandra foi rápida e implacável. Derrubou-o, prendeu-o na areia e continuou a fazê-lo rir até que ele implorou para que parasse.

A garota levantou-se e estendeu a mão que ele aceitou para ganhar impulso e ficar em pé.

— Viu como é fácil dar risada? — ela ensinou.

Pela primeira vez desde que o conhecera, ele sorriu, conseguindo manter o olhar em seus olhos.

— Que tal molhar os pés? — Leandra sugeriu, já tirando os chinelos.

Quando correu para o mar, o rapaz foi atrás. Não demorou a espirrarem água um no outro, ambos se divertindo como crianças. Depois de algum tempo, desabaram juntos e cansados na areia.

— Por que se preocupa comigo? — disse Inácio. Não olhava para Leandra e sim para o céu, que escurecia lentamente com a aproximação da noite.

— E por que não me preocuparia?

— Eu... ahn... sou muito ignorante.

— E daí? Todo mundo nasce ignorante e depois vai aprendendo.

— Não sei ler nem escrever.

— Quer que eu ensine o senhor?

O rapaz virou para ela o rosto cheio de esperança, igual à criança pequena que pede seu presente ao Papai Noel.

— Sim, quero muito aprender.

Sem resistir à vontade de tocá-lo, Leandra afagou-lhe os cabelos. Então, sentou-se. Estava na hora de voltarem.

Inácio levantou-se primeiro, ofereceu-lhe a mão e ajudou-a a se erguer. Nesse momento, o eco alcançou-os, trazendo um nome gritado ao vento.

Aurélia.

Perto dali, uma jovem caminhava à beira d'água, tendo como fundo as últimas luzes do poente transformando em dourado o ilhéu Pedras do Mato e suas árvores de pau-brasil. Lembrava um cenário de filme, de tão perfeita que era a composição. Se ainda tivesse o celular, Leandra clicaria o momento para, no futuro, postar nas redes sociais.

Quem chamara a jovem era um homem mais velho, possivelmente seu pai. Ela acenou para ele e foi se distanciando da água para alcançá-lo.

— Aurélia... — murmurou Inácio, contente por descobrir o nome dela. Adorando-a à distância, ele a seguia com o olhar.

Incomodada com aquela reação, Leandra apoiou as mãos nos quadris e reparou melhor na tal Aurélia, uma garota loira e muito bonita. Se estivesse usando um vestido vermelho...

Com um aperto no coração, ela a reconheceu.

Aquela era a moça que Inácio prenderia no quadro.

CAPÍTULO 7
A exposição

As aulas começaram na noite seguinte, após o jantar, e prosseguiram diariamente sempre no mesmo horário. Leandra pegava um lampião e iam para o quintal, onde usavam a terra como lousa e gravetos para nela escreverem. Não demorou para Antoninha presentear Inácio com um caderno e um lápis; deixou-o tão emocionado que, como de hábito, ele nada conseguiu dizer como agradecimento.

Leandra era uma professora paciente, que elogiava seus acertos e o incentivava a querer mais e mais conhecimento. Essa dose de confiança foi se refletindo no temperamento do rapaz, ajudando-o a lentamente vencer a timidez e a se expressar melhor.

Calixto logo notou a diferença. Como não havia muito mais a se arrumar na casa, passou a lhe dar tarefas de maior confiança, como montar os chassis de madeira para as telas de pintura e auxiliá-lo no que o patrão chamava de quartinhos, uma câmara escura no ateliê com aparelhamento completo para revelar, copiar e ampliar fotografias. Ainda como seu assistente, Inácio começou a acompanhá-lo em serviços externos, na pintura da decoração do teto e das paredes de algum novo palacete que surgia na praia, em Santos, onde os endinheirados donos das fazendas de café vinham passar o verão.

E nessa rotina os meses foram avançando.

Sempre que tinha uma oportunidade, Inácio escapulia para o matagal, onde se ocultava à espera da passagem de Aurélia, fosse de manhã bem cedo, quando a jovem ia em direção à Biquinha, fosse na volta, no início da tarde.

Vê-la permitia o sonho impossível de conquistá-la para si. E também fez nascer a angústia e o ciúme quando um novo aluno de Calixto, em seu trajeto para as aulas, passou a cruzar o caminho de Aurélia. Carlos era o nome dele, um rapaz educado, de boa aparência e bem vestido, filho de um rico comerciante vicentino.

Nas primeiras vezes em que Carlos e Aurélia se viram, nada disseram. Apenas sorriram e flertaram. Em pouco tempo, começaram a trocar cumprimentos e longas conversas vieram na sequência. Nesses momentos, o rosto da moça ganhava ainda mais vida. Ela se apaixonava pelo rapaz.

A tudo Inácio assistia. Seu coração doía pela perda do que jamais lhe pertenceria, pela vontade de ter nascido em melhores condições de vida, de vestir roupas de qualidade, de ser culto e saber se comportar como um cavalheiro. Por mais que se esforçasse, ainda tinha muito a aprender, uma jornada demorada e árdua demais até que conseguisse realizar algum sonho.

— Nunca serei gente — lamentou numa friorenta noite de agosto ao errar um complicado cálculo aritmético durante a aula.

Leandra pousou a mão em seu pulso, um gesto carinhoso e cada vez mais frequente.

— O que está acontecendo, *seo* Inácio? O senhor anda triste e distraído.

Arrependido do desabafo, ele quis escapar da resposta.

— Fale — obrigou a moça.

— Difícil explicar... Eu me sinto... É como querer ser o que não sou, é desejar ter o que não tenho.

Ela suspirou.

— É como querer férias inesquecíveis.

— Ahn?

— É nunca estar contente com o que se tem, sempre desejando mais.

— Como um sonho impossível.

— Isso. Acho que até conseguimos realizar muitos sonhos, só que somos nós que devemos fazer com que aconteçam.

— Pagando o preço.

— De certa forma sim, com o nosso esforço. Enquanto isso, e nunca achei que fosse citar os meus pais, "nós devemos dar valor ao que temos".

— E o que eu tenho?

— A nós, sua irmã e eu, à família do Calixto e ao senhor mesmo. O senhor é inteligente, muito criativo e aprende com facilidade.

Pensativo, o rapaz ponderou cada significado. Apenas um importou.

— Eu tenho mesmo a senhora? — quis confirmar.

Ela corou antes de assentir.

Sorrindo, ele ajeitou atrás da orelha da moça alguns fios que se desprendiam de sua trança. Cabelos que nasciam castanho-escuros, afastando cada vez mais da raiz a tinta que os deixava loiros, um efeito que Inácio nunca vira. Aquela moça sempre seria muito estranha e, para ele, era isso que a tornava tão única e especial.

— Os dois formam um bonito par — disse Calixto, que da porta da cozinha espiava os jovens no quintal, um sentado de frente para o outro e com o lampião a iluminá-los. — O que acham de posar amanhã para uma fotografia?

— Trata-se de um estudo para uma futura tela — ele explicou melhor na manhã seguinte, no ateliê. — Ainda não decidi como será ou quando a pintarei. Só não posso deixar de registrar o que vejo entre os dois.

"E o que vê, mestre?", Inácio teve medo de perguntar.

— E o que vê, senhor? — interessou-se Leandra.

O patrão deu um daqueles seus sorrisos francos, porém nada comentou. Pediu que um se colocasse diante do outro, em pé e descalços. Depois, foi ajeitando a posição de cada um até ficar satisfeito com o resultado.

Leandra tinha caprichado na aparência. Usava um vestido de festa emprestado por Fantina, a primogênita de Calixto, e flores nos cabelos bicolores soltos e ondulados. Um perfume delicioso emanava de sua pele.

Calixto, que ainda ajustava a câmera, mandou que conversassem.

— Bom dia, moça estranha... — Inácio tomou a iniciativa, fitando os olhos da moça que também o miravam.

— Estranha?! — ela disse, segurando-se para não rir. — Com certeza, devo ser muito estranha para todos vocês.

— Gosto do que é diferente.

Ao perceber que revelara um pensamento que deveria permanecer íntimo, o rapaz teve vontade de fugir em disparada. Mas não podia, preso àquela situação.

— Quer dizer, o diferente é bom, não? — tentou consertar, sem sucesso.

Leandra abria um sorriso que se tornou imenso e cheio de expectativa. Ele não se lembrava de vê-la tão confiante, tão bela...

— Agora façam silêncio — orientou Calixto — e não se mexam.

O sorriso da moça foi desaparecendo, mas a expressão risonha permaneceu. "Como eu queria beijar seus lábios...", desejou Inácio. Ela estava ali, ao seu alcance.

A mulher real e não o sonho impossível.

— Pronto, terminei — avisou Calixto.

Os jovens não se mexeram, um ainda olhando para o outro. Foi Inácio quem acabou quebrando o contato visual. Não era justo permitir que Leandra gostasse dele quando havia uma única paixão em sua vida: Aurélia.

Como se adivinhasse o que lhe ia ao coração, a moça baixou o olhar.

— Se você gosta um pouco de mim, não se transforme em um vilão — ela murmurou.

Ele não entendeu o pedido, Leandra não explicou. Polidamente ela agradeceu ao patrão pela oportunidade e saiu do ateliê.

— Talvez uma cena bíblica retratando o grande amor de Jacó e Raquel — Calixto planejava a tela, pensando em voz alta. — Para tê-la como esposa, ele trabalhou de graça para o futuro sogro durante anos. É algo que você faria por amor a essa moça, Inácio. Esperaria décadas por ela.

O rapaz encarou-o, confuso. Não, o mestre estava enganado. Era por Aurélia que faria qualquer sacrifício.

— Você ainda não sabe o quanto a ama! — constatou Calixto, surpreso. — Para mim, é tão óbvio...

— E ela, mestre, me ama?

— Por que não pergunta a ela depois da viagem?

— Que viagem?
Calixto terminava de guardar a câmera no estojo.
— Ontem recebi uma correspondência avisando que escolheram a tela que enviei em julho para a seleção de obras da Exposição Geral de Belas Artes — disse. — Antoninha não quer que eu vá sozinho ao Rio de Janeiro. Acha que vou andar na rua sem gravata, que vou esquecer o guarda-chuva em algum canto, sair debaixo de um temporal e ainda me resfriar... Bom, o que sempre costumo fazer, não?
— E ela quer que eu...?
— Sim, você vai comigo para me ajudar. Há alguns assuntos que terei que resolver nessa viagem.

Ir ao Rio de Janeiro... Embarcar em um trem e simplesmente viajar... Embora não contasse a ninguém, por dentro Inácio entrou em pânico. Nunca fora tão longe! Não saberia se comportar, o que dizer às pessoas... Tampouco o dinheiro de seu pagamento seria suficiente para os gastos que teria com roupas, calçados e acessórios para a viagem.
Foram as mulheres da casa que resolveram a última questão. Antoninha, Jandira e Leandra dedicaram-se a reformar para ele paletós, camisas e calças que não serviam mais em Calixto. Fantina conseguiu um chapéu e um cinto emprestados com uma vizinha e Pedrina, um par de sapatos quase novos com o pai mascate de uma colega da escola. A mobilização

também atingiu Sizenando e o próprio Calixto, que junto com o filho escolheu e comprou uma gravata e um par de abotoaduras.

No dia da partida, quando apareceu vestido como o cavalheiro que sonhava ser, Inácio recebeu aplausos e cumprimentos de toda a família. Emocionada, Jandira abraçou-o, mal disfarçando as lágrimas. Na vez de Leandra, da gola do paletó ela tirou um fio de cabelo, ajeitou a gravata e disse que tinha muito orgulho do rapaz.

— Mas você de cabelos compridos, todo de preto e com botas coturno ainda é o meu visual preferido — sussurrou-lhe antes de se afastar.

Bastante acostumado às suas esquisitices, ele nem se deu ao trabalho de decifrar aquela opinião. Calixto já se despedia da esposa e dos filhos. Lá fora, um vizinho esperava para levá-los de carroça à estação do Valongo, em Santos, onde tomariam o trem para São Paulo.

No portão, Inácio olhou para a rua próxima, na esperança de avistar Aurélia, mas era madrugada ainda. Teria que se contentar em vê-la em sonho.

Não foi com Aurélia que o rapaz sonhou em seu primeiro cochilo, com a testa encostada na janela de vidro e o corpo esparramado em um dos bancos do trem. Sentia falta da voz de Leandra, do seu riso, de sua presença sempre tão intensa.

No sonho, ela surgia diante de um quadro, uma marinha, estendendo o braço para tocar na pintura, enquanto a sombra de Aurélia a cobria.

Agoniado, Inácio acordou com a certeza de que algo muito ruim estava prestes a acontecer. Não havia, porém, nada que fugisse ao esperado. No banco à sua frente, Calixto pegara no sono com um livro aberto no colo. Do outro lado do corredor, um casal conversava em voz baixa enquanto a filha pequena brincava com um leque. Eram os únicos despertos, pois os demais passageiros daquele vagão também aproveitavam para dormir, embalados pelo ritmado sacolejo imposto pela locomotiva.

Pelas janelas, o Vale do Paraíba com suas colinas, florestas e fazendas de café preenchia o campo de visão. Já tinham trocado de trem na Estação do Norte, em São Paulo, e seguiam havia horas em direção à cidade de Cachoeira Paulista, onde fariam a baldeação para o ramal que os levaria ao Rio de Janeiro.

Com os pensamentos em Leandra, Inácio resolveu andar um pouco para esticar as pernas. Daquele vagão foi para outro e, a seguir, para um terceiro e um quarto.

No quinto, que sacolejava ainda mais por ser o último, ele atravessou o corredor até a última porta. Abriu-a e, apoiando-se no gradil, passou um longo tempo observando os trilhos e a paisagem que ficavam para trás.

Era desse modo que se sentia. Inseguro e trêmulo como aquele último vagão, avançando por caminhos ainda desconhecidos enquanto o bicho do mato que sempre fora se perdia no passado.

Graças a Leandra.

O rapaz sorriu, imaginando que ela retribuiria o sorriso se estivesse ali, ao seu lado.

— E me obrigaria a expressar em voz alta o que pensei — disse, divertido.

De volta ao interior do último vagão, reparou em um jovem loiro que tirava uma faca do bolso do paletó. Ele ia pelo corredor, sem perceber que o rapaz surgira às suas costas.

Apreensivo, Inácio contou apenas mais uma passageira, uma moça ruiva e frágil, que cochilava em seu banco. Avaliou melhor a arma: comprida, pesada e possivelmente muito afiada.

O loiro alinhou-a na lateral de seu corpo, à direita, e foi se aproximando da ruiva, sentada do mesmo lado, à sua frente.

A menos de um metro de distância, a faca foi erguida na altura do pescoço da moça. Bastava encostar a lâmina em sua pele, degolá-la com um único movimento e a arma seria arremessada pela janela antes que o assassino se misturasse aos passageiros de outro vagão.

Quando ele apertou o cabo e preparou o golpe, Inácio segurou-o pelo pulso.

— Não me impeça! — rosnou o loiro, empurrando-o.

Mais forte, Inácio não o soltou e, num movimento brusco, arremeteu o braço dele no encosto de outro banco. Com o impacto, a faca caiu aos pés da moça. De olhos bem abertos, ela já assistia aos dois.

— Chega, Altair! — mandou.

Amedrontado, o loiro quis fugir, porém Inácio continuava a prendê-lo.

Nesse momento, os lábios da moça começaram a produzir um som estranho, um sibilo melódico que invadiu os ouvidos dos rapazes. Inácio libertou o prisioneiro e, cobrindo as orelhas com as mãos, tentou em vão deter o avanço da tal música em seu cérebro, uma enxurrada de palavras que não conseguia distinguir.

Em lágrimas, Altair caiu de joelhos.

— Por favor, Monalisa, me perdoe... — implorou.

O sibilo, entretanto, tornou-se mais intenso. Paralisado, Inácio descobriu que seu próprio corpo não mais lhe obedecia. Era controlado por Monalisa, que também controlava o outro rapaz.

Bruscamente parando de chorar, Altair inclinou-se e apanhou a arma. Seu rosto expressava a frieza de uma marionete.

— Vá até o fundo do vagão — comandou Monalisa —, pule do trem e, depois, arranque sua vida com essa faca estúpida.

"Não!", Inácio quis detê-lo. Não conseguiu se mexer, o sibilo ainda ecoando em sua cabeça.

Sem pressa alguma, Altair ultrapassou-o, foi até a porta, abriu-a e saltou para se estatelar nos trilhos.

Satisfeita, Monalisa recostou-se no banco, os olhos fechados para um novo cochilo.

— Vá dormir em seu lugar no trem — disse para

Inácio. — Para você, tudo não terá passado de um sonho ruim.

Com a testa encostada no vidro da janela e o corpo esparramado no banco, Inácio despertou sentindo o estômago embrulhado. Tivera outro pesadelo. Lembrava-se de um sibilo, de uma ruiva chamada Monalisa... E de um rapaz loiro que ela mandara para a morte.

No outro banco, Calixto mantinha o sono e o livro aberto no colo. O casal ainda conversava e a filha pequena trocara o leque por uma boneca. Outros passageiros, também adormecidos, perdiam a suave vista do Vale do Paraíba além de suas janelas.

Apesar de suas pernas exigirem um pouco de movimento, Inácio recusou-se a dar uma caminhada. Preferiu encolher-se, o mal-estar demorando a abandoná-lo.

CAPÍTULO 8
Juventude

Rio de Janeiro, 1898

A tela a óleo de Calixto,

Vista panorâmica de Santos, faria parte da 5ª Exposição Geral de Belas Artes, um evento promovido anualmente pela Escola Nacional de Belas Artes e que reunia pinturas a óleo, aquarelas, *crayons*, guache, esculturas, trabalhos de arquitetura e gravuras de medalhas e pedras preciosas. Um concorrido *vernissage* só para convidados teria início ao meio-dia de 31 de agosto, um dia antes da abertura oficial da mostra, que seguiria até 15 de outubro.

Calixto pretendia permanecer no Rio até a entrega dos prêmios, prevista para os primeiros dias de outubro. Aproveitaria a estada para trocar ideias com outros artistas e, principalmente, divulgar seu trabalho junto ao público e a possíveis compradores de obras de arte. O próprio presidente da República,

Prudente de Morais, já aceitara o convite para visitar o evento.

Vista panorâmica de Santos, um trabalho belíssimo e com excelente domínio de técnica, tinha grandes chances de obter premiação, apesar de o favoritismo estar com outro paulista, Almeida Junior, e sua tela *Partida da monção*. Apesar de otimista, Calixto mostrava-se cauteloso e preferia não cantar vitória.

— Ninguém valoriza o que consegue de mão beijada — disse para Inácio.

Com seriedade, dedicação e muito esforço, construía passo a passo o que viria a ser uma longa e sólida carreira. Para Inácio, o mestre era também o exemplo perfeito de alguém que sabia fazer amigos. Simpático, sempre tinha algo inteligente a ser dito, mantendo a conversa animada ou, se fosse o caso, no tom certo de seriedade.

Tanto patrão quanto empregado foram muito bem recebidos na casa de seu anfitrião, um jornalista do *Diário de Notícias*, amigo de longa data de Calixto. A casa do jornalista localizava-se perto do local da exposição, no Centro. Não precisariam pegar nem bonde nem charrete, pois uma curta caminhada seria suficiente.

Maravilhado com a efervescência da cidade, Inácio demorou a acreditar que estava mesmo ali. Calixto ria e contava as gafes que cometera nos meses em que morou em Paris, quando era apenas um rapaz ingênuo e deslumbrado em sua primeira viagem ao exterior.

Numa dessas gafes, na primeira vez em que se viu

sob o que chamou de chuva branca, não titubeou: abriu o guarda-chuva e foi em frente, ganhando olhares curiosos de quem passava por ele na rua. Só entendeu o motivo quando lhe explicaram que não era daquele modo que as pessoas se protegiam da neve...

— A vida é um eterno aprendizado — filosofou. — Estamos sempre aprendendo, porque nunca sabemos tudo.

Mentalmente Inácio repetiu aquele ensinamento, evitando medir a proporção de sua ignorância diante de tantas novidades.

No dia do *vernissage*, caminhou atrás de Calixto e do amigo jornalista, de cabeça baixa e em silêncio, em direção ao prédio de estilo neoclássico da Escola Nacional de Belas Artes. Vestia o melhor dos ternos que tinham pertencido ao patrão, penteara os cabelos do jeito que Leandra lhe ensinara — "como os cavalheiros dessa época fazem", ela dissera — e estava de banho tomado, cheiroso e de unhas curtas e limpas. Os sapatos machucavam seus pés tão acostumados a andarem descalços, mas ele não se importou. Com os braços cruzados atrás do corpo, escondia as mãos calejadas, enquanto sua mente repassava o quê poderia dizer ou não às pessoas caso alguém puxasse conversa. Não correria o risco de parecer indelicado.

Ergueu o rosto para admirar boquiaberto o imponente frontão da escola. Cruzou-o junto a outros convidados, impressionado com o novo mundo que se abria a cada passo. Adiante, um funcionário recolhia os convites dos recém-chegados ao lado de um cartaz que informava o valor do ingresso, quinhentos réis, a ser cobrado a partir do dia seguinte, e também o horário da exposição, que seria aberta ao público das dez horas da manhã às quatro da tarde.

Quase 270 obras espalhavam-se no átrio, nas salas e galerias, locais rapidamente tomados por intelectuais, nobres, empresários e outras figuras importantes da sociedade carioca. Calixto foi apresentado ao diretor da escola, Rodolpho Bernardelli, e também ao júri formado por Angelo Agostini e Antonio de Araújo Souza Lobo, eleitos pelos expositores, e pelos professores Henrique Bernardelli e João Zeferino da Costa.

Inácio acompanhou o patrão até o ponto em que passou a confundir nomes e rostos. Deixou-o numa roda animada em que comentavam possíveis preparativos para o quarto centenário do descobrimento do Brasil, em 1900, e foi conhecer melhor cada uma das obras. Surpreso, descobriu pinturas assinadas por mulheres. Leandra estava certa: o universo feminino não devia se limitar aos serviços domésticos e aos cuidados com os filhos.

— Um dia, as mulheres também terão direito ao voto — ela lhe contara numa das aulas. — E uma mulher ocupará a presidência da República.

Se estivesse ali, revelaria mais de suas previsões para o futuro, como se pudesse desvendá-lo. E, ao contrário dele, não destoaria daquele ambiente sofisticado, de homens elegantes e mulheres ostentando joias e os vestidos caros. Porque Leandra era como eles, uma moça refinada, sem dúvida nascida e criada em berço de ouro.

— Sou um peixe fora d'água — Inácio murmurou. Se ao menos soubesse qual era o seu lugar no mundo...

Foi então que entrou numa sala minúscula, ignorada por um público que preferia enxergar arte apenas em telas e esculturas. Sobre uma mesa, havia o prospecto de um hospital, assinado por Henrique Bahiana, além de trabalhos de J. Berna e Morales de los Rios. Uma única palavra parecia defini-los.

Arquitetura.

Seus autores planejavam espaços internos e externos, valorizavam a utilidade de cada parte de um todo, sem deixar de lado a beleza e o conforto. Era exatamente isso que Inácio gostava de criar.

Como mágica, de repente sentiu que peças soltas se encaixavam no que desejava para si.

— Arquitetura... — repetiu baixinho. — Este é o meu futuro!

Poderia estudar na Escola Nacional de Belas Artes, aprender com aqueles mestres. Seria um arquiteto como eles.

Empolgado, o rapaz se pôs a fazer cálculos, de quanto precisaria para viver e estudar no Rio. Diante dos resultados, deixou-se abater pela decepção. Teria que trabalhar durante muitos anos para juntar algum dinheiro. E mesmo assim...

— Uma vida inteira não será suficiente — lamentou-se. — Preciso de mais tempo.

— É o que deseja? — perguntou alguém atrás dele.
— Mais tempo?

Automaticamente Inácio virou-se para descobrir

de quem vinham as perguntas. Com um calafrio, reconheceu-a: Monalisa, a ruiva de seu pesadelo.

— Não é uma enorme coincidência nos encontrarmos aqui? — ela comentou, simpática. Seus olhos, no entanto, analisavam Inácio com intensa curiosidade.

— A-aquilo... aconteceu de verdade... — ele concluiu, amedrontado.

— Você salvou a minha vida e nem agradeci! Creio que foi por esse motivo que o destino nos uniu novamente, para que eu possa retribuir.

Ela apoiou a mão enluvada em seu braço, retendo-o enquanto se aproximava. Usava um chamativo vestido rosa vibrante, corpete bordado por pérolas minúsculas e saia rendada sobreposta a várias camadas de cetim. Tinha brincos brilhantes e imensos, um colar de pérolas que dava voltas em seu pescoço, duas pulseiras e anéis em excesso. Os cabelos, em parte presos no alto da cabeça, desciam em cachos até as costas. Não usava chapéu nem trazia bolsa e sombrinha. Tampouco soava como as senhoras comportadas que Inácio vira até aquele momento, embora sua aparência vulgar não anulasse o quanto podia ser atraente à percepção masculina.

Consciente de seu poder de sedução, Monalisa chegou ainda mais perto.

— De quanto tempo a mais você precisa? — sussurrou-lhe. — Um século? Dois?

Antes que Inácio pudesse reagir, ela uniu seus lábios aos dele e, entreabrindo-os, tocou-o com sua língua bifurcada.

"Língua de cobra!", constatou Inácio. A repulsa subiu-lhe pela garganta, os pensamentos relembraram a morte dolorosa de dois de seus irmãos, mortos pelo veneno de cobras que viviam nas matas de Itanhaém. Ele não as temia, pois já enfrentara as mais perigosas. Mas nunca encontrara uma que tivesse a aparência humana.

Com dificuldade, Inácio impediu a vontade de vomitar. Atordoado, apoiou-se na mesa, afastando-se.

— Como recompensa, entreguei-lhe parte da minha juventude — Monalisa explicou. — De agora em diante, você terá mais de um século de vida antes de começar a envelhecer. É tempo suficiente para o que deseja?

A moça ainda tocava seu braço, que ele retirou num movimento brusco. Queria sumir dali.

— Você resiste a mim? — ela estranhou, franzindo as sobrancelhas.

Se soubesse agir com sutileza, ele teria agradecido a tal recompensa e ainda elogiaria tamanha beleza reunida numa só mulher. Os dois se despediriam como velhos conhecidos e cada um iria para o seu canto.

Mas Inácio sempre seria Inácio. Com modos rudes, tirou-a do caminho, largou-a sozinha e, quase correndo, refez o caminho para a rua. Na calçada e longe o bastante da escola, dobrou-se e colocou para fora tudo o que o estômago lhe enviou.

Logo Monalisa surgiu ao seu lado, entregando-lhe um lenço.

— Limpe-se — mandou.

Ele não aceitou nem obedeceu. Contornou-a e se pôs numa direção qualquer. Tinha que se livrar dela.

Nesse instante, a canção de Monalisa alcançou-o, o sibilo melódico que ela produziu para dominá-lo. O rapaz não daria mais um passo sequer sem que ela permitisse.

— Adoro desafios e você está se revelando um dos mais desafiantes — disse a moça, obrigando-o a lhe oferecer o braço para conduzi-la. — Um passeio nos fará bem, não acha?

CAPÍTULO 9
Monalisa

A aparência daquele jovem trazia-lhe recordações dos tempos em que o colonizador branco ainda não pisara nas terras que chamaria de Brasil, quando existiam apenas índios, animais e criaturas mágicas como ela. Tempos em que era conhecida por outro nome e simplesmente atraía suas vítimas para as margens dos rios onde morava, sempre às escondidas para que o irmão gêmeo não a repreendesse.

Filha de humana e sucuri, desde cedo ela aprendeu a largar sua pele de cobra e virar gente durante algumas horas, momentos em que também gostava de exercitar seu temperamento cruel.

Um dia, o irmão cansou-se de tanta ruindade e decidiu matá-la. Tentou, teve a certeza de que conseguiu e foi embora, sem suspeitar de que a irmã escapava para uma nova vida.

Em terra firme ela passou a viver, pessoas diferentes conheceu e pelo mundo viajou. Aproveitando que a magia lhe permitia compreender e falar qualquer idioma, com outros povos descobriu feitiços e ampliou seu poder.

Aprendeu que trocar de pele também significava mudar sua aparência humana e, desse modo, pôde se transformar em quem bem entendesse. Foi negra, branca, oriental e tantas outras mulheres antes de ser a moça ruiva por quem Altair se apaixonara.

Por ele concordou em mudar de nome. Monalisa era como o rapaz a chamava por considerá-la sua musa inspiradora e a única modelo de seus desenhos. Altair ensinou-a a apreciar a arte, levou-a a museus e a tantas exposições pela Europa. Viviam apenas um para o outro, na louca paixão que os fazia tão iguais e indiferentes ao restante da humanidade.

Com o rapaz, ela decidiu voltar ao Brasil após tantos séculos. Foi quando o relacionamento sofreu uma mudança drástica. Se antes a falta de escrúpulos de Altair dispensava Monalisa de exercer qualquer feitiço sobre ele, tornou-se imperativo mantê-lo obediente quando o rapaz resolveu adquirir uma consciência.

— Não mate mais — ele lhe pedia, cada vez mais incomodado com as rotineiras matanças.

Ela não percebeu o que lentamente destruía Altair. Então houve aquela tentativa de assassinato no trem e a ruptura ficou tão evidente que não podiam mais prosseguir juntos.

Para Monalisa, perder Altair foi doído, uma lacuna que não esperava preencher tão cedo até que a coincidência a fez reencontrar o herói que a salvara. Pretendia apenas quitar sua dívida, porém havia algo nele... Rebeldia, talvez. Um descontentamento pela vida que desejava melhor. Ambição, com certeza.

"Um diamante bruto à espera da minha lapidação", classificou-o enquanto caminhavam lado a lado, de braços dados. Estava bastante satisfeita com a nova aquisição. Aquele espécime tinha ombros largos, braços e pernas fortes e, o mais tentador para uma criatura sombria como ela, parecia enxergar o mundo com inocência e simplicidade. Se já era desafiante lhe dobrar a vontade, corrompê-lo com vícios e maldades daria a ela muita alegria.

Antes, porém, ela precisava se alimentar. O último feitiço abrira-lhe o apetite.

A vantagem de transitar por qualquer cidade no mundo era ter à disposição uma enorme quantidade de crianças que moravam nas ruas. Muitas vezes abandonadas pelas próprias famílias ou fugitivas à procura de oportunidades, eram presas fáceis. E melhor: seu sumiço não despertava suspeitas nem qualquer interesse.

No Rio de Janeiro, onde ex-escravos — libertados pela Lei Áurea na década anterior — viviam à margem da sociedade em condições de miséria, Monalisa acabou encontrando inúmeras oportunidades para uma farta refeição. Dava-se ao luxo de escolher a mais saborosa, descartando uma e outra em seu caminho.

Naquela tarde friorenta, cedeu à exigência da fome escolhendo aleatoriamente um menino de uns dez anos, descendente de escravos, que pedia esmolas numa esquina. Atraiu-o com moedas e, quando ele se aproximou, sibilou um feitiço ao seu ouvido. Ele estremeceu como outros também tinham estremecido. Iria esperá-la no local combinado.

— Chame um coche — disse para o rapaz que a acompanhava. Ele cerrou os dentes, mas teve que obedecer.

Após alguns minutos embarcavam no transporte para um inofensivo passeio pela cidade.

Monalisa apreciou o trajeto em silêncio, junto ao rapaz que a odiava mais a cada minuto. Ainda podia sentir-lhe o medo, embora o ódio se esforçasse, e muito, para diminuí-lo.

"Em breve, você estará aos meus pés, implorando por um sorriso meu", ela ansiava.

Na volta, não desceram no mesmo local do embarque. Seguiram por mais algum tempo até uma praia deserta. O coche parou próximo a uma choupana, sem qualquer vizinho por perto.

Após pagar o cocheiro, Monalisa tomou a dianteira. A porta já estava entreaberta.

— Que ótimo! — ela comentou. — Minha refeição chegou primeiro do que nós.

Estalou os lábios. Ali estava o menino que enfeitiçara para vir até aquele lugar isolado. Fitando o chão e já despido, ele aguardava em pé, sem se mexer.

— Espere-me lá fora — Monalisa disse ao rapaz obrigado a segui-la, mudando de ideia quanto a tê-lo como plateia.

Ao notar o menino, ele estacou, resistindo ao comando.

Mais faminta do que nunca, ela nem se deu ao trabalho de repetir a ordem. Escancarou a boca de dentes afiados, a língua de duas pontas saboreando o aroma de uma refeição tão tenra, e prendeu-se ao menino para esprimê-lo até que sufocasse. Começaria a devorá-lo pela cabeça...

— Solte-o! — rosnou o rapaz, travando uma luta interna contra o feitiço que o comandava.

Conseguiu mover as mãos... Ia alcançar uma tora de lenha, de uma pilha junto à parede, e usá-la como arma.

Se ele pretendia testá-la pelo restante do dia, provavelmente não escaparia de umas dentadas que lhe arrancariam pedaços. Antes que perdesse a paciência e o espécime que desejava manter para si, ela resolveu se presentear com uma solitária tarde de sonolência e digestão sem sobressaltos. Novamente sibilou, enfeitiçando o rapaz mais uma vez.

— Para você, tudo não passará de um novo sonho ruim — desejou. — Vá dormir e volte amanhã, neste mesmo horário. Estarei esperando.

CAPÍTULO 10
A refeição

Inácio acordou tarde no dia seguinte, com febre, o estômago revirado e a cabeça estourando de dor. Demorou a deixar o quarto que ocupava na casa de seu anfitrião e, quando saiu de lá, viu Calixto em um dos sofás da sala, sozinho e lendo o jornal.

— Você devia ter me avisado que iria embora do *vernissage* antes de mim — o patrão ralhou, mirando-o com severidade. — Como não o achei em lugar nenhum, vim para cá, onde o encontrei na cama, já dormindo.

— Perdoe-me, mestre.

— O que houve? Você está de ressaca?

O rapaz não soube o que responder. Lembrava-se das taças de vinho servidas no evento da véspera, mas tinha certeza de que não bebera nem uma gota. As únicas lembranças — e muito embotadas — misturavam-se à horrível sensação de integrarem mais um pesadelo. Nelas, vagavam Monalisa e sua asquerosa língua de cobra, um passeio de coche, uma choupana perdida na praia e um menino prestes a ser esmagado e engolido.

— Vá descansar — liberou-o Calixto. — Hoje não tenho nenhum compromisso.

À tarde, uma urgência avassaladora quis subjugar a vontade própria de Inácio. Ele tinha que sair para a rua, tomar um coche, ir a uma choupana na praia...

— Não! — o rapaz ousou resistir.

Cerrando os dentes, agarrou-se ao colchão. Seus movimentos, porém, falhavam, não queriam mais lhe obedecer. Com dificuldade para controlar as próprias mãos, conseguiu tirar todas as roupas. Sua vergonha seria mais forte, não lhe permitindo andar por aí como viera ao mundo. Mesmo assim, obrigou-se a amarrar os tornozelos e um dos pulsos a um lençol, que prendeu com firmeza ao estrado da cama.

No lento avanço das horas, sentiu-se febril, com sede, dolorosamente tenso. Sua musculatura se estendia e se contraía ao máximo. Ele arquejava, sofria, buscando forças no amor que nutria pelas duas pessoas mais importantes de sua vida, Jandira e Leandra.

Tão logo o sol se pôs e a noite se esparramou até

o horizonte, a tortura largou-o à exaustão e a um sono pesado, sem sonhos ou pesadelos.

Aos poucos, Inácio foi melhorando, apesar da aparência abatida e da falta de vontade de se alimentar. Preocupado, Calixto chamou um médico, que atribuiu o mal-estar a algum problema de fígado.

— Para mim, são saudades de casa! — brincou o patrão.

O rapaz concordou. Volta e meia pensava em Leandra, sorrindo ao imaginar como ela estaria lidando com as tarefas cotidianas sem a ajuda dele.

Como avisara, Calixto aproveitou os dias no Rio para resolver vários assuntos. Inácio acompanhou-o em eventos e passeios, entregou recados, fez encomendas de tintas a um importador, foi buscá-las quando chegaram e carregou para lá e para cá muitas outras compras, entre pincéis, paletas e até encomendas feitas por Antoninha e suas vizinhas.

O mês de setembro voou. Na primeira semana de outubro, no dia marcado para o anúncio das obras premiadas na Exposição Geral, Inácio amanheceu na Confeitaria Colombo, inaugurada quatro anos antes. Lá comprou doces e bolos para levar à família de seu patrão e a todos os conhecidos que tinham colaborado com a empreitada de vesti-lo com elegância. Como a viagem de retorno estava marcada para o dia seguinte, não haveria tempo para mais compras.

Da Confeitaria Colombo, o rapaz foi a uma joalheria, onde gastou boa parte de suas economias em dois pares de brincos de ouro, um para Jandira e outro para Leandra. Sabia que era uma extravagância para alguém tão pobre, mas na certa seria muito pouco perto do que as duas já tinham feito por ele.

Uma hora depois Inácio estava na casa do anfitrião, arrumando as malas de Calixto e as suas, numa batalha árdua para acomodar todas as compras no menor espaço possível. Foi somente nesse momento que se lembrou de Aurélia. Não lhe comprara nenhum presente.

"Mas ela nem sabe que eu existo!", justificou-se. E esqueceu o assunto quando a empregada veio chamá-lo para o almoço.

Desde o *vernissage*, Inácio ainda não retornara à Escola Nacional de Belas Artes. Foi entrar no átrio, tomado por uma barulhenta multidão, que o mal-estar voltou a rondá-lo, após uma trégua de dias.

Desejando ser invisível, o rapaz recolheu-se junto à porta principal. Se precisasse vomitar, teria um trajeto bem mais curto até a calçada.

Mais adiante, Calixto cumprimentava o diretor Rodolpho Bernardelli, que em minutos daria início à cerimônia de premiação. A expectativa era grande.

— Eu o subestimei — disse uma voz que Inácio ainda acreditava pertencer aos seus pesadelos. — Mas procurar tanto por você tornou emocionante o nosso reencontro, não acha?

Monalisa pendurou-se em seu braço e, esticando-se para lhe cochichar ao ouvido, sibilou a canção que mais uma vez o enfeitiçaria.

— Vamos sair daqui — ela ordenou.

Cruzaram várias ruas antes que Monalisa avistasse o que precisava: duas meninas de uns oito ou nove anos, com um bebê no colo, mendigavam perto de uma loja.

— Vá buscá-las para mim — deu a nova ordem.

Antevendo o perigo que elas corriam, Inácio continuou lutando desesperadamente contra seja lá o que fazia seu corpo obedecer aos comandos daquela cobra com aparência de gente. Porém, sem que pudesse impedir, suas pernas tomaram a dianteira e a voz saiu-lhe da garganta para chamar as crianças e prometer uma generosa quantia de moedas.

Ansiosas, elas o seguiram até os fundos de uma casa abandonada, para onde Monalisa se dirigira. Em pânico, o rapaz constatou que no local escapavam da visão de quem passasse pela rua. Ninguém poderia socorrê-las.

"Pare, não machuque as meninas!", ele quis enfrentar o monstro. Não conseguiu, como também não conseguia defendê-las.

Um novo sibilo e Monalisa imobilizou as duas.

— Pegue o bebê — ela ordenou para Inácio.

No colo do rapaz, o pequenino deu um sorriso gostoso, de um único dente. Não tinha mais do que poucos meses de vida.

Dessa vez, para combinar com seu vestido roxo intenso, com minúsculas margaridas costuradas nas mangas, no corpete e nas saias, Monalisa usava um xale rendado da mesma cor. Ela o tirou e, após estendê-lo no chão, sibilou uma nova melodia enquanto passava a mão sobre ele.

— Pulem dentro do xale — disse para as meninas.

Estupefato, Inácio viu as duas crianças desapareceram dentro da peça, como se tivessem mergulhado em um espelho.

— É um feitiço que aprendi para estocar alimentos — Monalisa explicou. — Será impossível arrumar uma refeição decente enquanto estivermos em alto-mar.

Ele girou os olhos para ela, temendo entender o significado daquela última frase. A moça pôs o xale nos ombros e, divertida com sua reação, resolveu contar o plano.

— Altair e eu íamos embarcar amanhã para os Estados Unidos. Ainda bem que não cancelei a viagem, pois agora é você quem irá comigo no lugar dele.

— Não... — a muito custo Inácio murmurou.

— Não? — ela repetiu, estridente. — É só isso o que você tem a me dizer?

Encarando-o com ferocidade, Monalisa chegou tão perto que o rapaz respirou o ar sufocante que ela expirava.

— O que move você, indiozinho? Eu tenho beleza, poder, fortuna... Sou tudo o que a sua ambição deseja! Mas você resiste... Por quê? — Com o dedo indicador, a moça tocou-lhe o peito. — É a bondade que existe em você, não é? Pois saiba que vou destruí-la pedaço por pedaço até que não sobre nada além de um coração cruel e maligno.

Sem desviar os olhos do olhar apavorado do rapaz, Monalisa sibilou com tanta intensidade que inibiu seus pensamentos por segundos.

— Quebre o pescoço do bebê — sussurrou-lhe.

Os dedos da mão direita de Inácio cercaram o pescoço da criança ainda em seu colo. Bastava um simples movimento e pronto. Tão rápido quanto abater uma galinha para o almoço.

Um almoço que Leandra jamais comeria, porque assistira à violência contra um ser tão indefeso quanto o bebê que voltava a sorrir para o rapaz.

Ele hesitou, a imagem de Leandra sobrepondo-se à visão de Monalisa.

— Você não presta para nada! — zangou-se a criatura, esbofeteando-o.

Ela lhe arrancou o bebê e, escancarando a boca numa abertura aterrorizante, engoliu-o por inteiro.

Inácio fechou os olhos e caiu de joelhos. Com mais um feitiço, Monalisa conseguiu que ele se levantasse e lhe desse o braço.

— Ainda temos muitas horas antes da nossa viagem — ela comentou, recuperando o bom humor. — Vamos aproveitá-las!

Monalisa hospedava-se no hotel mais caro da cidade, no melhor aposento, espaçoso e luxuosamente decorado. Esperava que a demonstração de riqueza conquistasse o interesse de Inácio, mas tudo o que o rapaz desejava era vomitar e fugir para o outro lado do mundo, não necessariamente nessa ordem.

— No cômodo anexo, há uma banheira — ela indicou. — Encha de água, tire sapatos e roupas e entre nela.

Ainda lutando contra si mesmo, ele cumpriu a ordem.

O contato com a água não teve o efeito de acalmá-lo. Pelo monstro que não enxergava como gente só sentia ódio, repulsa e o medo que não conseguia controlar. Exposto em sua nudez, estava mais vulnerável do que nunca.

Quando Monalisa apareceu no cômodo e sem roupa alguma, ele desejou fechar os punhos e moê-la de pancadas.

— É para tirar o chapéu também, seu bobo — ela riu, livrando-o do acessório. — Feitiços têm esse problema — suspirou. — São tão literais...

Sem tirar os olhos do rapaz, a moça decepcionou-se ao comprovar o quanto ele a desprezava.

— Eu devia ter desconfiado... Você não gosta de ruivas! — ela concluiu, desgostosa. — Trocarei de pele quando chegarmos aos Estados Unidos, está bem? E permitirei que você escolha a minha nova aparência, a que mais lhe agradar...

Ao entrar na água, imediatamente o corpo feminino revelou a outra metade da natureza mágica de Monalisa: ela se transformou numa imensa sucuri esverdeada que, deslizando, se enrodilhou em Inácio e em seu peito pousou a cabeça. Como se marcasse sua posse sobre o rapaz, apertou-o com força, permitindo apenas que respirasse. Aterrorizado, ele não se mexeria nem se fosse obrigado a isso.

— Juro que farei você se apaixonar por mim — a sucuri desejou antes de pegar no sono.

A mente de Inácio teve o restante da tarde e a noite inteira para domar o horror que só atrapalhava, matar a esperança de que tudo não passava de mais um pesadelo e, enfim, ver a situação sob uma ótica racional. Por fim, nada lhe revelou uma saída, alguma chance mínima de escapar com vida.

Com a chegada da manhã seguinte, a sucuri despertou. Docemente libertou o rapaz, saiu da banheira, recuperou sua aparência humana e, após pegar uma toalha, foi se secando rumo ao aposento principal.

Retornou uma hora mais tarde, metida em um vestido amarelo-gema com estrelas bordadas em fios dourados, cabelos soltos semicobertos por um chapéu de plumas coloridas, maquiagem em excesso e um perfume ardente que inundou as narinas de Inácio como minúsculas navalhas.

Ele foi tomado por um acesso de espirros que incomodou Monalisa.

— Saia logo dessa banheira e prepare-se para partirmos — ela resmungou. — Não quero me atrasar.

Espirros... Foi pensando neles que Inácio acompanhou Monalisa. Se o seu corpo não precisara de autorização para espirrar nem para fechar os olhos e cair de joelhos, como acontecera nos fundos da casa abandonada... Significava que ele tinha liberdade de movimentação até certo ponto. Mas quais seriam os limites dessa vontade própria?

A não ser que a resposta fosse muito mais simples.

E se os sibilos melódicos fossem ordens ditadas em um idioma diferente, talvez uma linguagem de cobras? Fazia sentido, considerando que nem sempre Monalisa dava ordens em português. Bastava um sibilo e a pessoa fazia o que lhe era exigido.

Os feitiços nada mais seriam do que ordens em formato de sibilos ou de frases ditas numa conversa. Portanto, traduziriam a vontade de Monalisa imposta à sua vítima, obrigada a obedecer.

Isso também explicaria o comentário sobre a maneira como os feitiços eram compreendidos pela vítima. Inácio não tirara o chapéu porque ela mandara que tirasse sapatos e roupas. Ou seja, uma ordem era cumprida literalmente, sem margem a interpretações ou mudanças. Talvez o medo da vítima fizesse o restante do que Monalisa não precisava exigir, promovendo um estado de servidão absoluta.

A hipótese levava a outra mais importante. Se Monalisa não controlava o corpo de ninguém, haveria como enganá-la. Afinal, mesmo poderosa, ela jamais poderia prever e controlar todas as situações. Imprevistos ocorriam, fatos que fugiriam ao seu controle.

Era só esperar a melhor oportunidade para agir. Além disso, Inácio tinha uma vantagem a seu favor: já conseguira resistir mais de uma vez às vontades daquele monstro.

No porto, houve o embarque das pesadas malas de Monalisa e a conferência das passagens e dos documentos que colocavam o rapaz no lugar de Altair, além de uma longa espera sob o sol cada vez mais forte, na fila que se formara diante da escada até o convés. O vapor, de bandeira norte-americana, receberia tanto passageiros quanto cargas.

Impaciente, Monalisa bufou. Se viajariam em acomodações de primeira classe, por que a demora?

— Descubra o que está acontecendo e me conte — Monalisa despachou Inácio.

Ele obedeceu, logo encontrando a saída para aquele feitiço. Aos pés da escada, esbarrou em um estivador e aproveitou para lhe perguntar o motivo do atraso.

— Burocracia. — Foi a resposta mal-humorada. — Ainda não liberaram a papelada, por isso ninguém sabe a bordo.

Bom, já descobrira o que estava acontecendo. Faltava apenas cumprir a etapa seguinte.

De relance, ele espiou o trecho de mar que separava do cais o casco do navio. Virou-se e avistou Monalisa, que de longe acompanhava seus passos.

— Ainda não liberaram a papelada — ele berrou para informá-la —, por isso ninguém sobe a bordo!

E antes que fosse enfeitiçado para ir ao seu encontro, Inácio lançou-se ao mar.

CAPÍTULO 11
Despedida

São Vicente, 1898

Foi uma longa viagem de volta.
Na primeira oportunidade em terra firme, Inácio gastou suas últimas moedas em um telegrama a Calixto, avisando ao patrão para não o esperar, que já estava a caminho de casa. Não se arriscaria a tomar o trem, pois a estação ferroviária seria o primeiro lugar onde Monalisa o procuraria. A solução foi improvisar, procurando não deixar nenhuma pista que ela pudesse seguir.

Contando com a solidariedade da população caiçara, o rapaz cruzou distâncias por mar, acompanhando pescadores em seus barcos. Em outros trechos, andou por matas fechadas e praias desertas. Dormiu muitas noites ao relento, caçou e pescou para se alimentar e também foi obrigado a trocar as estimadas abotoaduras por uma carona em um carro de boi.

Quase um mês mais tarde, ele terminava o caminho que separava o Rio de Janeiro e a cidade paulista de São Vicente.

Chegou numa madrugada friorenta, maltrapilho e faminto. Em seu quarto, descobriu guardadas as roupas que levara na viagem. Calixto trouxera suas malas, que possivelmente Jandira desfizera.

Inácio lavou-se, pôs roupas limpas e, sentado na cama, esperou pelos primeiros sons da manhã. Eles vieram da cozinha, onde a irmã começava a preparar o desjejum da família.

De mansinho o rapaz entrou no local, tentando não a assustar. Ia lhe dizer bom-dia para anunciar sua presença, mas o plano fracassou no instante em que ela se virou para colocar um prato na pia e o viu plantado junto à porta.

O grito de surpresa morreu na garganta de Jandira, assim como a felicidade em revê-lo são e salvo.

— Onde você se meteu, seu irresponsável? — ela esbravejou, zangada. — O coitado do nosso patrão precisou cuidar de tudo sozinho!

Envergonhado, Inácio baixou a cabeça. Sentiu Leandra aparecer atrás dele. Não teve coragem de espiá-la.

— E onde estão o cinto e o chapéu que você precisa devolver para a vizinha? — a irmã continuava. — E os seus sapatos? Você perdeu tudo?

Com um lento movimento afirmativo de cabeça, ele respondeu.

— Vou pagar por eles — acrescentou.

Ainda segurando o prato, Jandira avançou até o

irmão, o dedo indicador da mão livre balançando contra o nariz dele.

— Por que abandonou o nosso patrão? — cobrou.
— Onde... Com quem... O que você andou fazendo esse tempo todo?

Ninguém acreditaria na verdade.

— Fui pescar — o rapaz inventou.

Agindo como a irmã mais velha que não era, Jandira encheu-o de palmadas no peito e nos braços. Depois, num repente, abraçou-o com força, aliviada.

— Quase morri de preocupação — confessou. — Nunca mais suma desse jeito!

Inácio beijou-lhe a testa e, quando ela se afastou, fungando e escondendo as lágrimas, ele passou por Leandra e saiu dali. Já estava a poucos passos do galinheiro para recolher os ovos do dia quando a moça o interpelou.

— O que aconteceu de verdade, *seo* Inácio?

Ainda de cabeça baixa, ele levou segundos para erguer os olhos e fitá-la.

Se não fosse o tom sóbrio daquela cobrança, teria sorrido. Ao contrário da irmã, Leandra usava os brincos de ouro. Fora sorte ter anotado nos pacotes o nome de cada um que receberia seus presentes. Ao encontrá-los nas malas, Jandira deve ter tratado de distribuir os doces e os bolos antes que estragassem. Não era o caso dos brincos, mas isso não a impedira de pegar os dela e de entregar os de Leandra.

— A senhora nunca vai acreditar — Inácio respondeu.

— Se existe quem acredite nas coisas mais inacreditáveis, essa pessoa sou eu.

Duvidando, o rapaz meneou a cabeça. A moça suspirou.

— Eu nasci no século XXI, *seo* Inácio. E vim parar aqui, no passado, quando nós dois tocamos juntos a pintura de uma marinha.

Ele ameaçou rir do que entendeu como uma brincadeira. Ela, no entanto, falava sério.

— Como é possível, dona Leandra?

— Como é possível o quê? Viajar no tempo? Ou o senhor ter essa mesma aparência jovem no século XXI?

"Como recompensa, entreguei-lhe parte da minha juventude", dissera Monalisa após um beijo asqueroso, numa lembrança quase perdida na mente de Inácio. "De agora em diante, você terá mais de um século de vida antes de começar a envelhecer. É tempo suficiente para o que deseja?"

Como se levasse um golpe, ele cambaleou para trás. Encontrou apoio na lateral do galinheiro, recuperou o equilíbrio. Leandra, que avançara para segurá-lo, desistiu ao confirmar que ele não mais cairia. E assim ficou, tão perto e tão linda.

— Foi uma recompensa — ele acabou revelando.

— Pelo quê?

O rapaz não conseguiu mais pensar em feitiços, pesadelos ou cobras malignas com aparência de gente. Enxergava apenas Leandra, a felicidade em novamente revê-la acalmando seu coração. Só aquela moça fazia sentido no meio do caos de dúvidas e fatos inacreditáveis.

— Inácio! — chamou Calixto, a alguns metros de distância. — Você ainda trabalha para mim?

Depressa Leandra distanciou-se do rapaz, cumprimentou o patrão com um aceno de cabeça e foi para a cozinha.

Considerando-se o mais injustiçado dos homens, Inácio humildemente pediu perdão por sua suposta irresponsabilidade. Na certa, seria demitido, teria que retornar ao sítio e, pior, nunca mais encontraria Leandra.

— Contaram-me que viram você sair antes da premiação, de braço dado com uma... ahn... mulher vestida de modo indecoroso — comentou Calixto. — É verdade?

O rapaz engoliu em seco.

— Sim, mestre.

— Quanto dinheiro ela lhe tirou? Tudo, aposto! E ainda o colocou em algum tipo de confusão, não foi?

Era melhor colaborar com a interpretação de Calixto para os fatos.

— Foi.

— E você teve que fugir.

Inácio confirmou. Emagrecera muito, a prova de que a viagem fora sofrida e lhe custara muito mais do que algumas horas cochilando em um vagão de trem.

— Você é jovem e inexperiente — disse Calixto, compreensivo. — Eu devia ter lhe preparado melhor para enfrentar a cidade grande e ensinado como lidar com mulheres como aquela, que enganam homens para roubá-los. Mas acredito que você tenha aprendido alguma lição.

Muitas lições, na verdade. Imensamente triste, Inácio não esperou pela dispensa.

— Agradeço por tudo o que o senhor fez por mim — disse, despedindo-se. — Vou juntar os meus pertences e saio bem antes do almoço.

— E por que acha que vou mandá-lo embora?

— O senhor não vai...?

— Não vou.

— Eu... ainda trabalho para o senhor? — quis confirmar.

— Claro! — disse o patrão, divertindo-se em vê-lo tão desconcertado. — Agora se apresse. Preciso de sua ajuda para entregar uma tela lá em Santos.

Com cuidado, os dois ajeitaram a tela grande e pesada sobre um dos bancos e sentaram-se à sua frente no bonde puxado por burros que ligava uma cidade à outra. Durante o trajeto feito junto à praia, Inácio aproveitou para perguntar sobre a premiação que sentia tanto ter perdido.

Como todos esperavam, o primeiro lugar ficou mesmo com Almeida Junior e a aclamada obra *Partida da monção*. Mas Calixto não saíra sem reconhecimento: seu quadro recebera uma importante menção honrosa.

— Foi uma viagem bem-sucedida, no final das contas — disse, distraído.

Inácio não pôde concordar. Se pelo menos tivesse a certeza de que se livrara mesmo de Monalisa... O que Leandra lhe contara sobre viajar no tempo... Isso reacendia seu medo pelo futuro.

Horrorizado, imaginou Monalisa enfeitiçando os filhos de Calixto, esmagando-os um a um para devorá-los e assim se vingar do rapaz que a enganara. Ela também poderia atingir Jandira, Leandra, o patrão e a esposa...

"O que eu fiz?", torturou-se.

Em Santos, a tela seria entregue a um poderoso fazendeiro, que já encomendara antes outros trabalhos para decorar suas residências na capital e no interior do estado, onde ficavam suas produtivas plantações de café. Aquela seria a primeira obra feita especialmente para o seu casarão recém-erguido à beira-mar.

No local, foram recebidos por uma empregada, pois o dono da casa ainda não retornara de uma viagem. Deixaram a tela na sala e, enquanto Calixto ficava para trás, com a empregada perguntando-lhe se podia limpar a pintura com água e sabão, Inácio foi para a rua.

Nesse instante, ele a viu.

Após desembarcar de um bonde, Aurélia atravessava a rua de terra em direção a uma residência vizinha ao casarão. Carregava um pacote volumoso e leve o bastante para não a cansar.

A alguns metros de Inácio e sem reparar que ele

existia, a moça bateu palmas junto ao portão. Foi rapidamente atendida por uma mulher, que a levou para o interior do imóvel.

Inácio admirou Aurélia até que a moça desaparecesse de seu campo de visão. Uma figura tão irreal, a fantasia que preenchera sua vida por muito tempo.

"Meu sonho impossível", constatou. Alguém que não poderia lhe dar uma vida em comum.

Espantado com o próprio raciocínio, Inácio descobria que aquela obsessão já durara o suficiente.

— Definitivamente você prefere as loiras — disse Monalisa, atrás dele. — E é essa com que sonha mais do que todas.

Assustado, o rapaz voltou-se para ela. Dessa vez cintilando em um vestido dourado, a moça-cobra sorriu inocentemente para ele. Do sol, protegia-se com uma sombrinha escarlate e um chapéu da mesma cor.

— Eu queria tanto provocar em você esse mesmo fascínio que ela provoca... — lamentou.

Calixto ainda conversava com a empregada, alheio ao que ocorria na rua.

— Como me encontrou? — disse Inácio. Acabava de incluir Aurélia na sua lista de preocupações. Se Monalisa tinha vindo para uma vingança, poderia muito bem começar por ela.

— Na Escola Nacional, um conhecido do seu patrão me disse para quem você trabalha. Só tomei o trem para cá e fiquei esperando a sua chegada.

E o rapaz se matando para despistá-la...

Tremendo de ódio, ele cruzou os braços. Monalisa ainda não lhe lançara nenhum encantamento, o que lhe dava alguma vantagem.

— Cansei de ser rejeitada — a moça queixou-se.
— Vim me despedir.

Desconfiado, Inácio ergueu uma sobrancelha.

— Despedir-se?
— Não o forçarei a nada. Mas, se decidir trocar essa sua vida pobre e medíocre pelas incríveis possibilidades que posso lhe oferecer... — Entregou-lhe um papel, onde anotara um endereço. — Estarei neste hotel, em Paris. Lá fui muito feliz com Altair. E é onde eu gostaria de ser feliz com você.

Para não a provocar, dessa vez o rapaz fingiu dar muita importância ao papel. Dobrou-o com cuidado e guardou-o no bolso da calça comprida.

— Fico honrado com seu convite — mentiu.

A moça mostrou-se extasiada. Com um risinho tímido, fez-lhe uma reverência.

— Adeus, Inácio.

Nem mesmo quando a silhueta de Monalisa se misturava à paisagem numa longa caminhada rumo ao outro lado da ilha, ele conseguiu respirar aliviado.

Não acreditara numa única palavra daquela sucuri.

CAPÍTULO 12
Uma nova chance

— **A senhorita não mudou** de ideia, não é? — disse Carlos, disfarçando o nervosismo e a falta de fôlego. Viera correndo ao encontro de Aurélia, na rua por onde ela sempre passava após sair do trabalho.

O coração da jovem bateu com mais força. Ela amava tanto aquele rapaz... Carlos estudava desenho e pintura havia meses. Sempre se viam naquele mesmo horário e naqueles dias específicos da semana, pois era quando ele ia para as aulas no ateliê de seu mestre, Benedito Calixto.

Pela manhã, Aurélia tivera que entregar uma encomenda em Santos, um vestido que ajudara sua patroa a costurar para uma antiga freguesa. Retornara para São Vicente o mais rápido que conseguira, correndo contra o tempo para estar ali, como de hábito.

— Não mudei de ideia, senhor — a jovem respondeu. — Fique tranquilo.

Por Carlos, ela venceria a timidez e posaria como modelo na tarde seguinte, diante de mais dois alunos e do mestre.

— Como faremos? — ele perguntou. — Posso encontrá-la aqui para acompanhá-la?

Ela aceitou, enrubescendo. O rapaz inclinou-se e, tomando-lhe a mão, beijou-a com respeito.

— Até amanhã, senhorita.

— Até amanhã, senhor.

Olhando para trás e aos tropeços por não reparar onde pisava, Carlos seguiu até a casa de Calixto. Só quando ele passou pelo portão é que Aurélia retomou o passo. Sentia-se nas nuvens.

Alguns minutos mais tarde, uma jovem de aparência espalhafatosa surgiu à direita. Seu vestido dourado refletia com tamanha potência o brilho do sol que Aurélia precisou proteger os olhos. O visual vulgar incluía um chapéu escarlate e uma sombrinha da mesma cor.

Ia perguntar se a jovem estava perdida, se gostaria de alguma informação. Nesse momento, um sibilo melódico invadiu a mente de Aurélia, domando-a com facilidade.

— Leve-me com você — mandou a jovem, dando-lhe o braço. — E me conte o que conversou com aquele rapaz que entrou há pouco na casa do pintor.

Tudo foi revelado em detalhes. Aurélia não entendia por que estava obedecendo a uma desconhecida, por que lhe permitira a entrada em casa, onde morava com o pai viúvo e que, àquela hora do dia, estava trabalhando no matadouro. Isso ela também explicou à jovem que se chamava Monalisa.

— Fale-me sobre o Inácio, Aurélia.
— Quem é ele?
— Um indiozinho que adora você.
— Nem imagino quem seja.

Era verdade e Monalisa teve que aceitar aquela explicação.

No quarto da moça, ela exigiu ver todos os seus vestidos. Não gostou de nenhum, comportados demais para seu gosto tão extravagante.

— O menos feio é esse vermelhinho aí — escolheu, com uma careta. — É o que vestirei amanhã para a aula.

Aurélia balançou a cabeça.

— A modelo serei eu — lembrou-lhe.
— Na verdade, serei eu, mas igual a você.

Monalisa caiu na gargalhada, alegre e cheia de expectativa. Então, um novo sibilo seu obrigou Aurélia a se despir e, em pé, aguardá-la no centro do aposento.

— Tire os sapatos também — disse. — Eles me dão tanta azia quanto as roupas.

Aquela sempre seria a etapa mais divertida. Como se fosse a principal atração no palco de um famoso cabaré, Monalisa se pôs a cantarolar e a retirar a própria pele, camada por camada, em movimentos delicados, cheios de ritmo e charme. Os olhos, fixos em Aurélia, absorviam cada detalhe da humana cada vez mais aterrorizada e ao mesmo tempo dócil como um filhote indefeso.

Quando a última camada de pele deslizou para o chão como uma pluma impulsionada com doçura pela brisa, Monalisa já exibia sua nova aparência.

Loira, ainda mais bela e exatamente igual à Aurélia.

E esfomeada demais para se contentar apenas com aquela refeição. Planejou devorar o pai também, tão logo ele regressasse do matadouro.

Com um bote preciso, Monalisa abocanhou a cabeça de Aurélia, só depois resolvendo se agarrar a ela para sufocá-la. Seria uma refeição lenta, que exigiria muitas horas de digestão. Por isso preferia as crianças, menores e mais leves.

Ah, tanto trabalho... Mas aquele indiozinho valia cada sacrifício. Nunca encontrara alguém tão destemido, com um coração tão nobre. E teimoso o bastante para resistir a poderosos feitiços.

"Agora serei eu a lhe provocar fascínio, Inácio", acalentou, sonhadora.

CAPÍTULO 13
A prisão

As horas rastejaram numa lentidão asfixiante. A cada ruído dentro ou fora de casa, Inácio se sobressaltava, alerta e preocupado. Mal se alimentou no almoço e dispensou o jantar, silencioso ao máximo. Já tão magro e abatido, ainda acabaria doente.

Quando o rapaz foi se isolar no quintal e Leandra pegou o lampião para ir atrás, acompanhou-a o apoio irrestrito de Jandira.

— Para a senhora ele dirá o que está acontecendo — apostou a irmã.

Era com isso que Leandra contava, uma conversa muito franca entre os dois.

Ao encontrá-lo sentado no chão de terra, ela pousou o lampião à sua frente e se acomodou à esquerda do rapaz.

— Foi uma recompensa pelo quê? — retomou.

Ele cerrou os olhos e, inseguro, contou um pesadelo em que ela quase tocava uma marinha, sob a sombra de uma moça que tinham visto juntos uma vez na praia.

— Aurélia — disse Leandra.

Reteve o olhar do rapaz no instante em que ele a espiou.

— Essa cena aconteceu de verdade para mim, no século XXI — a garota completou. — Foi você quem me impediu de tocar a tela.

Inácio não lhe fez nenhuma pergunta. Seria melhor deixá-lo falar primeiro.

E o rapaz falou bastante, um monólogo sem interrupções em que narrou o que ocorrera na viagem de trem para o Rio e tudo depois disso. O sibilo melódico, a monstruosa Monalisa, seu apetite por crianças, o reencontro com ela naquela mesma manhã, em Santos, a suposta despedida e o medo da vingança, tão concreto quanto os dois ali, naquela noite.

Uma história inacreditável até mesmo para Leandra.

— Não estou inventando nada — jurou Inácio. — E não enlouqueci.

Engoliu saliva, gaguejou uma palavra incompreensível e, após limpar a garganta, perguntou sobre o futuro.

— Quem eu serei?

— Um arquiteto que mora na Bélgica.

Ele esboçou um sorriso incrédulo.

— E como nos encontraremos?

— Haverá a doação de um quadro a um museu, a tal marinha que tocaremos juntos.

— E a dona Aurélia? Por que ela aparece?

— Para me pedir socorro, pois foi aprisionada no quadro. Acho que com um feitiço igual àquele que a Monalisa usou para prender as duas meninas no xale.

— Ela irá aprisioná-la, então.

Leandra não podia mentir para ele. Havia muito em jogo.

— Não, Inácio. É você quem fará isso.

Aturdido, ele demorou a processar a informação. A seguir, o remorso pelo que faria estampou-se em seu rosto. Abruptamente o rapaz se levantou, Leandra junto com ele.

— É o que a sucuri me tornará? — disse, transtornado. — Um monstro como ela?

— Não vou permitir que essa Monalisa destrua o seu coração! — Leandra apoiou as mãos em seu peito, desejando acalmá-lo. — Deve ser por isso que vim ao passado, Inácio. Para proteger você!

Não percebeu que voltara a se dirigir a ele como se já estivessem no século XXI, dispensando o tratamento cerimonioso.

— Por que faria isso por mim? — o rapaz questionou.

— Não é óbvio?

Sim, era. Ou, pelo menos, deveria ser.

Inácio emocionou-se, a garota também. Ele queria estreitá-la junto a si, mas não tomou a iniciativa.

"É agora que você me beija!", ela incentivou, em pensamento. O rapaz, no entanto, não se decidia.

"Não é de mim que você gosta...", a garota concluiu, com tristeza. "Você ama a Aurélia".

Ela desviou o rosto para a escuridão além da chama que os iluminava, recuando ao mesmo tempo em que grossas gotas de chuva despencavam para molhar a cidade.

— As roupas que lavei hoje! — lembrou-se, correndo para elas. Estendidas em varais ao ar livre, estavam quase secas.

Com a ajuda de Inácio e de Jandira, que viera correndo da cozinha, todas as peças foram recolhidas e colocadas a salvo.

— Vou dormir — Leandra comunicou aos dois irmãos.

Sentia-se arrasada demais para manter qualquer conversa, mesmo uma que poderia redefinir o futuro.

A manhã seguinte começou agitada. Logo cedo a família recebeu visitas, que ficaram para o almoço. Leandra mal teve tempo de pensar na própria vida. Sombrio, Inácio passou horas cuidando da horta. Depois, foi se dedicar a uma troca de telhas na cocheira.

À tarde, após a partida dos visitantes, vieram os alunos de Calixto. Leandra ainda varria o ateliê quando dois deles entraram; um devia ter a idade de Sizenando, enquanto o tio dele beirava os trinta anos. Era esse quem trazia uma tela para Calixto.

— Pintei durante o período em que o senhor esteve no Rio — o aluno explicou-lhe.

O mestre encantou-se com o resultado, que Leandra só pôde observar quando a obra foi colocada em um cavalete. "É a marinha em que a Aurélia será aprisionada!", reconheceu, com um calafrio.

— *Seo* Adamastor — dizia Calixto —, este parece um trabalho feito por mim!

— Procurei fazer cada traço e cada pincelada exatamente como o senhor faria — justificou o aluno, envaidecido. — Vou chamar esta pintura de *A praia*.

"Adamastor, você não passa de um falsificador de primeira, isso sim!", irritou-se Leandra.

— Creio que já seja o momento de procurar um estilo próprio — orientou o mestre, sempre gentil.

Adamastor ia argumentar, mas interrompeu a fala ao notar quem entrava no ateliê. Calixto e o outro aluno também se voltaram para a porta. Como artistas e homens sensíveis à beleza, os três se impressionaram com a recém-chegada, que vinha na companhia de um empolgado Carlos.

— Senhores, esta é a senhorita Aurélia — ele apresentou. — Ela será a nossa modelo esta tarde.

O vestido vermelho ressaltava a pele clara da jovem, um modelo que delineava sutilmente o colo e a cintura. Um discreto colar ornava seu pescoço delicado.

O rosto angelical era tão puro e suave que Leandra tentou adivinhar qual maquiagem poderia criar tal efeito. Aurélia, no entanto, viera de cara lavada.

Era naturalmente tão bela que suas fotos jamais precisariam de retoques no Photoshop.

Até a luz a beneficiava. Simpática e adorável, posou em pé junto a uma janela aberta, que recebia a claridade da tarde. Os alunos, espalhados à sua frente, esforçavam-se para captá-la em detalhes. O próprio mestre abriu seu caderno e também se pôs a desenhá-la.

Tão concentrados estavam que nenhum deles reparou em Leandra, que vinte vezes varreu o chão e depois fez de conta que tirava o pó das outras telas só para não sair de perto.

Apesar de todo o seu encanto, havia algo falso em Aurélia.

Forçando a memória, Leandra quase teve a certeza de que a outra usava aquele mesmo vestido em sua aparição fantasmagórica na Pinacoteca. Se fosse isso mesmo e considerando que a tela-prisão já estava a postos...

Só faltava Inácio.

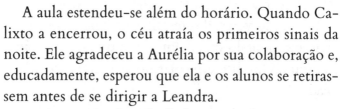

A aula estendeu-se além do horário. Quando Calixto a encerrou, o céu atraía os primeiros sinais da noite. Ele agradeceu a Aurélia por sua colaboração e, educadamente, esperou que ela e os alunos se retirassem antes de se dirigir a Leandra.

— Faça a gentileza de fechar as janelas e trancar a porta quando se extinguir este seu ímpeto de deixar meu ateliê brilhando — disse, brincalhão.

Sem graça, a garota deu de ombros e esperou que ele saísse antes de correr até a janela de onde avistaria a rua. Adamastor seguia conversando com o sobrinho em direção à praia. Já Carlos conduziu Aurélia até uma via paralela, onde se despediram. Ele foi para um lado e ela, para outro.

De uma segunda janela, Leandra checou onde estava Inácio, que descera do telhado, mas ainda trabalhava na cocheira.

— Não será hoje — murmurou, aliviada.

Livre para analisar a marinha pintada por Adamastor, ela se plantou diante do cavalete. Novamente confirmou se tratar do mesmo quadro assombrado do século XXI. As cores só pareciam mais vivas, frescas até. E ainda estava sem a moldura.

Na mesa, foi fuçar os papéis de Calixto. Surpresa, encontrou a foto em que ela e Inácio apareciam juntos, na primeira vez em que sentira que o rapaz desejava beijá-la. O patrão já revelara o negativo.

— Sou uma idiota mesmo! — reclamou consigo mesma, apesar da imagem transpirar amor e cumplicidade entre o casal. — Quem sou eu diante daquela Afrodite? Ele nunca vai reparar em mim de verdade. Nunca mesmo!

Quase rasgou a foto. Por fim, ocultou-a debaixo de um negativo de vidro ao ouvir a voz de Aurélia, vinda de fora do ateliê. Rapidamente se escondeu atrás de um sofá antes que fosse vista pela deusa da perfeição e por Inácio, que lhe abria a porta.

Travado como de costume, ele mantinha a cabeça baixa. Aurélia foi até a mesa, de onde pegou o caderno de Calixto. Procurou pelo desenho que a retratava e, ao achá-lo, mostrou-o ansiosa ao rapaz.

— O que acha? — perguntou a ele.

Inácio espiou a imagem e só balançou a cabeça, aprovando-a. Parecia em estado de graça por finalmente ter sido notado por Aurélia.

— Acha que o mestre pintaria um quadro meu? — ela sussurrou, aproximando-se tanto que o fez tremer de nervoso.

— S-sim... A senhora... é muito... bonita.

Num gesto calculado para soar espontâneo, ela o enlaçou pelo pescoço. Inácio empalideceu, depois corou tanto que Leandra achou que ele ia explodir. Mais do que nunca, a garota desejou se teletransportar dali para o ponto mais remoto do planeta.

— Fuja comigo — convidou Aurélia.

Inácio deveria estar a um passo de concretizar o seu sonho mais impossível. Estranhamente, algo o impedia.

— Desculpe-me, mas não posso estragar o que tenho com outra pessoa — ele recusou a oferta.

"Que pessoa?", interrogou-se Leandra. Até que seu coração lhe informou que rapaz se referia a ela. "Eu?!"

— *Você ama outra mulher?* — Aurélia estava possessa.

— Amo. Muito.

Ela o empurrou e o puniu com um tapa no rosto.

— Quem... é... ela? — cuspiu cada pedaço da frase.

A compreensão tardia sacudiu Inácio como uma onda de choque.

— Monalisa... — ele a reconheceu.

"A sucuri?", assustou-se Leandra. O rapaz contara-lhe sobre a habilidade do monstro de trocar de pele e mudar sua aparência humana. Nesse caso... Onde estaria a verdadeira Aurélia?

— Ela foi devorada por você! — rosnou Inácio.

— Por que não me avisou que aquela loira não passava de um capricho? — Monalisa gritou. — Eu investiria meu tempo caçando sua amada... E agora eu seria ela!

"E eu teria virado seu almoço...", alarmou-se Leandra.

— Você venceu — disse Inácio.

"Quê?!"

— Quê? — fez Monalisa, surpresa.

— Vou com você se não matar as pessoas de quem gosto.

— É um trato?

— Sim. Se aceitar, partimos agora mesmo.

Monalisa avaliou-o de cima a baixo.

— Precisarei enfeitiçá-lo?

— Não. Irei porque quero ir. Como você adivinhou, prefiro as loiras, ainda mais uma tão linda quanto essa que você se tornou.

Enojada, Leandra não aguentou mais permanecer no esconderijo. Levantou-se, tornando-se visível para os dois.

Ao vê-la, Monalisa deu um pulo para trás, arreganhando-se toda numa postura de ataque. Inácio quis se colocar entre elas; foi detido por um sibilo que também imobilizou Leandra.

— É você a amada... — decifrou Monalisa, com desdém. — E nem é bonita...

— Monalisa, vamos embora... — tentou o rapaz.

Ela não lhe deu ouvidos.

— Monalisa deseja Inácio, que deseja Aurélia, que deseja Carlos... — disse a sucuri, sua carranca de despeito minando uma aparência tão sublime. — Mas Carlos perdeu Aurélia, que ignorou Inácio, que ganhou Monalisa, que ficou feliz. Viu só? Não há espaço nessa quadrilha para você, feiosa!

— Não é ela que eu amo! — disse Inácio, uma mentira que não convenceu nenhuma das duas.

— Faz de conta que acredito que essa menina é apenas uma amiga.

— Sim, ela é só uma amiga! No ano passado, eu a salvei de se afogar no mar e... Por favor, deixe-a em paz! Farei o que você quiser!

Ele não sabia mais o que dizer. Seu desespero apenas aumentava a fúria da sucuri.

— Sempre tão heroico... — ela murmurou, ácida.

Aleatoriamente, pegou a primeira tela em seu caminho, tirando do cavalete a marinha de Adamastor para depositá-la a seus pés. Inclinou-se sobre ela e sibilou alguma melodia ao passar os dedos suavemente pela pintura, enfeitiçando-a.

"Ela vai me prender lá dentro", apavorou-se Leandra. Inácio fez a mesma dedução, reconhecendo a tela de seu pesadelo. "Se eu não estivesse aqui, ele teria arrumado uma maneira de aprisionar a Monalisa e o futuro seria como conheci. Agora serei eu a prisioneira... Estraguei tudo!"

— Você deu sorte, feiosa — disse Monalisa. — Fartei-me tanto ontem que ficarei dias sem me alimentar...

Apontando para Leandra, passou ao feitiço seguinte.

— Venha, amiga que no ano passado o Inácio salvou de morrer afogada no mar — resmungou, com enorme desprezo. — Diga adeus ao seu amor, pois os dois só voltarão a se encontrar quando eu sentir fome de novo.

Cada célula no corpo de Leandra acatou a ordem, empurrando-a na direção do quadro. Deu um passo, depois outro e um terceiro. Mais um e estava a centímetros da tela.

Nada a impediria, nem ela mesma, de entrar em sua futura prisão.

— Adeus, Inácio — ela se despediu conforme lhe fora ordenado.

E se preparou para pular.

CAPÍTULO 14
Reencontro

A sombra que Inácio vira em seu pesadelo e que Leandra dissera ter surgido para ela... Não pertencia à verdadeira Aurélia e sim a Monalisa.

Foi a convicção de que o pesadelo iria se concretizar porque já tinha se concretizado para Leandra que deu forças a Inácio. Nenhum feitiço teria o poder de imobilizá-lo naquele momento simplesmente porque o futuro já estava escrito.

Num esforço descomunal, o rapaz conseguiu se mover e lançar-se contra Monalisa, empurrando-a para dentro do quadro. A seguir, agilmente capturou Leandra no segundo em que a ponta dos pés da moça tocava a pintura.

Caíram juntos em um tapete, longe da prisão que engolira a sucuri e que a manteria lá por muitas décadas.

Confusa, Leandra olhou para ele.
Antes que pudesse falar, ela desapareceu no ar.

Para Inácio, sobrou a dor esmagadora de perdê-la. Teria que aprender a lidar com isso do mesmo modo que aprendera a contar mentiras convincentes. O sumiço de Leandra levou-o a inventar que o pai dela a encontrara e que a carregara para casa.

Como ninguém o ligou ao outro desaparecimento, o de Aurélia, nada precisou inventar quando os vizinhos da moça e do pai dela deram pela falta dos dois. Na casa abandonada por ambos, com todos os pertences em seu interior, acharam um punhado de pele verde de sucuri, o que gerou as mais fantásticas teorias, inclusive uma em que uma cobra gigante andava atacando os vicentinos durante a madrugada.

Carlos ficou inconsolável por alguns meses. Na virada do século, casou-se com uma prima e recebeu de Adamastor, como presente de núpcias, a marinha que imitava o estilo de Calixto e que Inácio quis muito destruir a machadadas. E só não a destruiu por crer que no futuro ela o guiaria até Leandra.

Após cinco anos trabalhando para Calixto, ele foi ao Rio de Janeiro, onde batalhou muito para garantir seus estudos em arquitetura. Desde então, nunca mais pôde rever a própria família, pois não teria como explicar o motivo de sua juventude estendida.

Com a irmã, trocou cartas com frequência e por

ela pôde mandar dinheiro para ajudar pais e irmãos a superarem suas dificuldades financeiras.

Jandira teve pneumonia e faleceu em 1928, no ano seguinte à morte de Calixto, vítima de um infarto. Foi Antoninha quem escreveu a Inácio para lhe dar a triste notícia. Ele acabara de se mudar para Quebec após viver quase uma década na Europa, colaborando como arquiteto na reconstrução dos países devastados pela Primeira Guerra Mundial.

Em muitos lugares o rapaz viveu durante o século XX. Dedicou-se em excesso à sua profissão, acumulou riqueza, trabalhou como voluntário em projetos para comunidades carentes, descobriu como obter documentos falsos e mudou de nome e sobrenome quantas vezes foram necessárias. Houve algumas mulheres em sua vida, mas não amou nenhuma como amava Leandra.

O início do século XXI encontrou-o aflito e esperançoso. Quando ela nasceria?

Foram anos de busca até descobri-la nas redes sociais. Na época, Leandra era apenas uma criança.

Aproveitando a transparência típica de uma geração acostumada a compartilhar informações pessoais na Internet, não foi difícil localizar onde morava e saber tudo sobre ela.

— Eu proíbo você de... — Inácio perdia a paciência.
— Pois tente! — Leandra rebateu.

Ele se esquecera do quanto a garota podia ser teimosa. Estavam junto aos jardins da praia, em frente ao prédio onde morava a avó Lucinda. Como vizinha, ficava a Pinacoteca Benedicto Calixto.

Leandra vestia as mesmas roupas do dia em que o rapaz a resgatara do mar, no passado, o que indicava a proximidade do momento mais temido por ele e que só seria inevitável se não conseguisse afastá-la daquele maldito quadro. Mudaria o passado, é verdade, mas a deixaria a salvo de Monalisa. E isso era o que mais importava.

De nariz empinado, Leandra tentou escapulir. Inácio segurou-a pelo antebraço.

— Prometa não voltar lá — quis impor.
— Se eu gritar, o que acha que os PMs vão pensar de você?

A poucos metros de distância, os policiais já prestavam atenção nos dois. O rapaz foi obrigado a ceder.

Agindo como a menina mimada que ainda era, Leandra atravessou a avenida e entrou na Pinacoteca. Ele a alcançou no corredor, quase na porta da sala das marinhas. Entraram juntos e tiveram que esperar a saída de três visitantes.

Inácio espiou a câmera de segurança, presa ao teto. Bufou, inquieto. Bem abaixo dela, portanto fora de seu enquadramento, estava *A praia*.

Leandra selecionou uma música no celular, aumentou o volume e pôs os fones de ouvido. Sem que ela notasse, Inácio também inibiu a própria audição, usando um par de tampões de silicone, um modelo comum adotado por nadadores. Talvez não funcionasse contra os sibilos de Monalisa, mas não custava tentar.

Com coragem, Leandra ergueu o braço e apontou o dedo indicador para a tela. "É agora que ela viajará ao passado", deduziu o rapaz.

— Faremos juntos — disse. Para apoiá-la, sua mão cobriu a dela.

Tocaram o quadro ao mesmo tempo, provocando um brilho intenso que cegou Inácio por segundos.

CAPÍTULO 15
Fome

Assim que caíram juntos em um tapete, não houve tempo para mais nada. Leandra sentiu que se desfazia como fumaça, que abandonava Inácio ao embarcar na escuridão mais assustadora.

Quando se materializou, estava em pé. Alguém a amparava.

— Ah, como estou faminta! — disse uma terceira pessoa.

Aquela voz...

"Monalisa", a garota identificou.

Focalizou-a saindo da tela numa ira assassina e devastadora. Estavam na Pinacoteca, Leandra de volta ao século XXI, ao momento em que tivera a infeliz ideia de libertar a moça de vermelho.

Mal pisou o chão e o monstro quase caiu,

enfraquecido. Porém, nada que o impedisse de sibilar algum feitiço.

Quem segurava Leandra agiu rápido, colocando em seus ouvidos tampões de silicone. Com a proteção, o sibilo tornou-se apenas um zumbido incômodo e inofensivo. Inácio mais uma vez a salvava.

Ela ia sorrir para o rapaz. Desistiu ao vislumbrar o cabo de um revólver oculto sob o casaco do moletom. Tenso, ele vigiava Monalisa e a câmera de segurança. Se aproveitasse a aparente fraqueza da sucuri para matá-la, não escaparia de ter o crime registrado. Seria preso, receberia pena por homicídio. Ninguém acreditaria em seus motivos.

Por fim, o rapaz tomou uma decisão. Protegeu Leandra ao colocá-la atrás de si, ia pegar a arma.

Pressentindo o perigo, Monalisa escancarou a boca de modo ameaçador, a língua bifurcada à mostra. Estava de costas para a câmera, que possivelmente não tivera como gravar sua saída pouco convencional do quadro.

— Caramba! — gritou um adolescente ao parar em frente à sala. — Cara, vem ver isso! É doido!

Ele chamou um amigo da mesma idade que, como ele, já estava com o celular em punho.

Inácio interrompeu o que pretendia. Já Monalisa arregalou os olhos para os intrusos e depressa escondeu a língua, cerrando a boca numa careta zangada.

— Estamos ensaiando para uma apresentação de teatro — disse Leandra.

Talvez os vestidos antigos que as duas usavam pudessem oferecer alguma veracidade à sua desculpa esfarrapada.

Monalisa girou os olhos para ela, depois para os celulares. Escolheu se retirar de cena, fugindo numa velocidade que deixaria qualquer maratonista com inveja.

Tanto Inácio quanto Leandra e os adolescentes correram para o terraço, de onde a avistaram já numa das pistas da avenida, apavorada entre os carros que freavam e buzinavam para que saísse dali. Os dois policiais militares tentaram interferir, ela escapou deles e, em pânico diante do mundo moderno que desconhecia, alcançou a praia antes de sumir de vista.

Sem dizer nada, Inácio tirou os tampões dos ouvidos, escondeu-os no bolso, puxou Leandra pela mão e, antes que algum segurança os submetesse a um interrogatório, conduziu-a rapidamente até o estacionamento, nos fundos da Pinacoteca. Quanto aos adolescentes, eles ficaram para trás, postando seus vídeos na Internet.

Do bauleto de sua moto, Inácio pegou um capacete e botas de borracha, além de jaqueta e calça comprida impermeáveis.

— Use — disse, entregando tudo à garota, que também já se livrara da proteção de ouvido.

Com um funcionário da guarita, ele conseguiu um capacete para si ao lhe dar uma generosa gorjeta.

Desacostumada com a barulheira e a velocidade daquela realidade, Leandra demorou a se ajustar a ela. Permitiu-se ser guiada por Inácio sem lhe questionar nada, confiando inteiramente nele como aprendera a confiar.

Irreconhecível sob tanta proteção, a garota subiu na garupa e, segurando-se no rapaz, encarou com ele uma chuvosa e friorenta viagem pela Rodovia dos Imigrantes até a cidade de São Paulo, com trechos de muita neblina na Serra do Mar. Chegaram congelando a um *shopping* na Zona Sul, Inácio encharcado da cabeça aos pés e Leandra quase desistindo de tirar os trajes impermeáveis por cima do vestido.

Entraram em um salão de beleza no térreo do *shopping* e, quando ela começou a registrar de fato o que ocorria, já estava sentada na cadeira do cabeleireiro, com um amplo espelho à sua frente, o profissional atrás dela e Inácio ao seu lado.

— Você precisa se readaptar o mais rápido que puder — aconselhou o rapaz.

Tinha razão. Era isso ou Leandra tentar explicar para a avó por que seus cabelos tinham crescido tanto ou por que a tintura loira só chegava à metade do comprimento dos fios quando deveria estar perfeitamente ajustada à raiz.

Pensar em Lucinda provocou-lhe um nó na garganta. Em breve também reencontraria os pais, os amigos...

— Que número você calça? — perguntou Inácio, largando em outra cadeira o segundo capacete, que não coubera no bauleto.

— Trinta e cinco.

— Vou ver umas coisas para você, tá?

Com pressa, ele a trocou pelas compras que ela,

em outros tempos, jamais o deixaria fazer sozinho. Mas aquela Leandra tão consumista, de alguma forma, ficara no século XIX.

— O que você andou fazendo com esse cabelo? — disse-lhe o cabeleireiro. — Está ressecado, quebradiço... Vamos cortar?

Meia hora mais tarde, a vendedora de uma loja próxima ao salão trazia algumas roupas para que Leandra escolhesse.

— Seu amigo não sabia a sua numeração nem o que comprar para você — a vendedora justificou-se. — Achamos melhor que eu viesse até aqui.

Peças escolhidas e uma pedicure já aguardava para entrar em ação. Depois foi a vez da manicure, que só meneava a cabeça desgostosa com as unhas estragadas pelos pesados serviços domésticos de outrora. Ela ainda aconselhou uma limpeza de pele, já chamando uma colega para assumir a tarefa. A mesma funcionária também fez as sobrancelhas de Leandra e acompanhou-a até a sala de depilação.

Ah, como era maravilhoso ser bem tratada! Leandra aproveitou para matar as saudades dos esmaltes, dos esfoliantes, dos cremes hidratantes, do desodorante que uma das funcionárias foi comprar para ela...

O vendedor de uma segunda loja também se fez

presente, carregando caixas com os mais variados modelos de calçados, todos tamanho 35.

— Seu amigo achou melhor que você escolhesse — ele contou.

Inácio não lhe mandara nenhuma mercadoria que não pertencesse a alguma grife. Devia estar gastando uma fortuna.

"Como ele vai pagar por tudo isso?", ela se preocupou, calculando preços.

Mais de quatro horas depois, Leandra deixava o salão após descobrir que a conta fora paga antecipadamente e ainda levando xampus, condicionadores e cremes variados para completar o valor.

Olhando-se numa vitrine, ela conferiu o resultado final. Optara por uma tintura que escurecera seus cabelos e um corte chanel bem curtinho com franja, nenhuma maquiagem, uma blusa branca, jaqueta, minissaia — não aguentava mais cobrir as pernas com tanto tecido! —, meia-calça de lã e um macio par de mocassins. Nas mãos, o capacete e duas sacolas, uma delas com o vestido que tantas vezes usara para trabalhar, cedido por Jandira.

Sentado em um banco próximo, estava Inácio, fuçando no celular alguma informação na Internet. Para substituir as roupas e os tênis molhados, comprara uma camiseta cinza, calça *jeans* preta, jaqueta de couro da mesma cor e inevitáveis botas coturno, sem dúvida seu modelo preferido.

Ao descobrir Leandra, ergueu-se, pegou as sacolas que tinha aos seus pés e veio sorrindo, espantando parte da preocupação que o deixava tão sisudo.

— Olá, moça estranha... — disse, feliz.

Acabava de reparar nos brincos que a jovem preferira manter. E só. Como sempre, deixaria passar mais aquela oportunidade.

— É agora que você me beija — Leandra precisou cobrá-lo.

O rapaz mordeu os lábios, como se ganhasse segundos para reunir coragem. Então, trêmulo como quem finalmente realiza algo com que tanto sonhou, ele a puxou para si.

Para o beijo que os uniu com amor, carinho e cumplicidade.

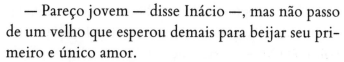

— Pareço jovem — disse Inácio —, mas não passo de um velho que esperou demais para beijar seu primeiro e único amor.

Derretendo-se com aquela confissão, Leandra aninhou-se em seus braços.

— Continuo a mesma que você impediu de pular num quadro — disse. — E você? O quanto mudou?

— Ahn... Acho que aprendi a disfarçar melhor a minha timidez.

— E de quanto tempo precisou para realizar tamanha peripécia?

— De uns oitenta anos, acho.

— Oitenta?!

— É.

Riram juntos. Ele assumiu o capacete e as sacolas

para que ela não carregasse peso e a convidou para dividirem uma *pizza marguerita* na área de alimentação.

— Foi a minha primeira *pizza*, lembra? — disse, saudoso.

Ganhou como resposta um beijo tão gostoso quanto o anterior.

Pouco depois, já ocupavam uma das mesas, à espera do chamado eletrônico para buscarem o pedido no balcão da pizzaria. O rapaz aproveitou para tirar de uma das sacolas um celular recém-lançado, caríssimo, que comprara para Leandra.

— É para substituir o seu — explicou. — E já coloquei o meu número e o da sua avó.

O descanso de tela trazia a única foto que os unira uma vez, aquela tirada por Calixto.

— A original ainda existe e está na minha casa, em Bruxelas — disse Inácio, à espera da reação da garota.

— Pena que o mestre nunca usou essa imagem para um quadro.

Leandra disfarçou uma lágrima e sorriu, comovida com a lembrança. E pensar que quase rasgara a foto em um acesso de ciúme...

— Você está gastando demais comigo, Inácio. Vai conseguir pagar essas dívidas?

Ele achou engraçada aquela preocupação.

— Não sou mais o sujeito pobre de antes.

— E eu não sou mais a garota que precisa viver cercada de luxo.

— Sei disso. Só queria mimá-la um pouco.

— Não precisa. Já fui mimada para uma vida inteira!

— Mas não por mim.

Era muito estranho ouvi-lo falando com aquele sotaque meio francês. No mais, tirando ainda seus modos polidos e os cabelos longos, ele parecia ser o mesmo Inácio do passado: jeito de vilão à primeira vista, tímido em potência máxima e bicho do mato capaz de cometer as maiores grosserias quando se esquecia de agir como um cavalheiro.

— Não tive oportunidade de agradecer pelos brincos — disse a garota. — São lindos! A Jandira e eu adoramos.

Uma sombra de tristeza nublou o rosto do rapaz. Leandra, que ainda não tivera tempo de vivenciar aquele luto, precisou bloquear a tristeza e a vontade de chorar.

— Quando ela morreu, Inácio? — conseguiu perguntar.

— Faz muitas décadas.

— E ela casou, teve filhos?

— Não.

— E você manteve contato com os seus pais, os outros irmãos, os sobrinhos...?

— Ninguém.

— Nem com os descendentes do Calixto?

— Nem eles. Seria complicado explicar por que não envelheci.

Com um sobressalto, ela o imaginou casado, cheio de filhos e netos.

— Também não me casei nem tive filhos. — Ele sorriu para tranquilizá-la.

— Sua vida deve ser muito solitária...

— A gente se acostuma. Eu trabalho muito, viajo bastante... E tenho dois gatos pretos.

— Gatos?!

— É, o Nino e a Nina, descendentes da primeira gata que adotei em 1908, quando estudava no Rio. Os dois adoram pegar estrada, avião, navio, o que for. Parecem ter rodinhas no lugar das patas.

— E onde você os deixou? Quer dizer, eles vieram com você da Bélgica?

— Sim, eles sempre viajam comigo. Ficaram no meu apartamento, em Santos.

Leandra ergueu uma sobrancelha, entre surpresa e confusa.

— Você tem um apartamento em Santos?!

— Não é meu de verdade. Só aluguei e...

— Onde?

O rapaz hesitou antes de responder que ficava em um prédio vizinho ao casarão da Pinacoteca, do lado oposto ao edifício onde morava Lucinda.

— C-como...? — reagiu a garota, aturdida.

— E também sou seu vizinho de prédio aqui em São Paulo, nos curtos períodos que passo no Brasil. Também é um imóvel alugado, mas estou tentando comprar do proprietário há anos e...

— Como conseguiu me achar? — ela terminou a pergunta.

— Logo depois daquela sua primeira viagem à Disney.

— Mas isso faz tempo!

— Desde essa época eu a acompanho pelas redes sociais.

— Impossível! Só os meus amigos têm acesso às minhas informações pessoais!

— Criei um perfil falso — Inácio justificou-se. — Nele, sou a Thaís Helena, uma menina que você acha que conheceu na infância e que adicionou como amiga.

Leandra sacudiu a cabeça, como se isso a ajudasse a desembaralhar os pensamentos para alinhá-los sob uma nova lógica. Sentiu falta dos cabelos compridos e do peso que eles fariam em um movimento igual a esse.

— É, tem uma Thaís Helena, que raramente fala comigo... Espera! Você me chamou para sermos amigas na Internet só para investigar a minha vida! E ainda arrumou apartamentos vizinhos para me espionar!

— E o que mais eu poderia fazer? — Ele deu de ombros. — Você ainda não me conhecia e eu precisava estar preparado para quando tocássemos juntos aquele quadro. Não podia simplesmente chamar você e dizer: "oi, serei seu aluno no século XIX"!

A garota apoiou os cotovelos na mesa e escondeu o rosto nas mãos. Nesse minuto, o som eletrônico do painel da pizzaria distraiu Inácio. Trazia o número do pedido deles.

Quando Leandra resolveu espiar entre os dedos das mãos, o rapaz já se servia de um pedaço de *pizza* após separar outro e ajeitá-lo no prato da garota.

— A gente já tinha se visto antes? — ela perguntou. — Digo, antes de nos conhecermos na Pinacoteca?

— Já. Mas você nunca reparou em mim de verdade.

"Eu era metida demais para me dignar a enxergá-lo", suspirou Leandra.

— Você me viu crescer.

— Vi.

— E acompanhou toda a minha vida tanto ao vivo quanto pela Internet.

— É.

— Isso não é justo! — ela reclamou. — Eu não sei nada do que aconteceu com você depois que nos separamos em 1898!

— O que gostaria de saber?

— Tudo, Thaís Helena. Pode ir abrindo o bico!

Inácio sorriu, divertido. Enquanto comiam, não se importou de resumir mais de um século de distância entre eles. A *pizza* estava deliciosa, assim como a sobremesa que pediram.

— Também pesquisei o que pude sobre magia e histórias relacionadas a criaturas meio gente meio cobras — ele acrescentou.

— E o que descobriu?

— Muita coisa semelhante em culturas variadas. Na mitologia brasileira, há uma lenda sobre um casal de gêmeos, filhos de uma índia e de uma sucuri. Encontrei algumas variações, mas basicamente é isso: os irmãos se criaram como cobras nos rios da Amazônia, ele com um coração generoso e sendo o oposto da irmã, que só fazia maldades contra os índios e os animais da floresta. Um dia, o irmão a puniu com a morte...

— Isso porque ele era o bonzinho da história...
— Pois é. Nas noites de luar, deixava a casca de cobra às margens do rio e, com a aparência de um homem alto e bonito, ia dançar nos bailes promovidos pelos humanos. Retornava antes do nascer do sol e novamente entrava na casca, virando cobra pelo restante do dia.
— E?
— Havia uma maneira de desencantá-lo, mas ninguém tinha coragem de fazer porque a casca da cobra era enorme e assustadora.
— Que maneira?
— Dar leite para ela e depois sangrá-la com a ponta de uma faca.
— Que idiotice!
— Essa solução é influência da mitologia portuguesa, que por sua vez foi influenciada pelos mouros e... Bom, no final da história, um soldado consegue libertar o rapaz, que pôde seguir como humano e ter uma vida normal.
— Você foi procurá-lo, não é?
— Fui. Se ele existir, talvez possa nos ajudar a combater a Monalisa... Mas nunca o localizei.
— Talvez só seja mesmo uma lenda.
— É, talvez.
— O que não entendo... — disse Leandra — Por que viajei no tempo? Ela só queria me aprisionar no quadro!
— Os feitiços são literais. Lembra como ela chamou você?

— "Amiga que no ano passado o Inácio salvou de morrer afogada no mar".

— Você estava ali porque eu a salvei no ano anterior.

— E para que você pudesse me salvar eu teria que estar me afogando em 1897...

— Exatamente na primeira oportunidade em que fiquei perto do mar naquele ano.

— Parece loucura... Mas faz sentido. O feitiço agiu para que tudo acontecesse do jeito que tinha que acontecer só porque foram com aquelas palavras que a Monalisa o criou.

— Sim.

— E ela falou mais alguma coisa...

— "Diga adeus ao seu amor, pois os dois só voltarão a se encontrar quando eu sentir fome de novo".

— Foi isso.

— Por esse motivo você sumiu no ar.

— Porque só poderíamos voltar a nos encontrar depois do feitiço ser lançado...

— ...quando ela sentisse fome, o que só ocorreu no instante em que foi libertada do quadro.

Leandra afundou na cadeira.

— Por que ela não conseguiu se livrar antes da prisão? — perguntou.

— Deve ter a ver com o que ela sibilou ao enfeitiçar a tela.

— Mais algum comando literal, certo? Tipo: "aprisione quem cair aqui dentro e só liberte quando"... sei lá! O que poderia ser?

— "Só liberte quando eu for devorar a amiga de

Inácio". Ou algo por aí — disse o rapaz, pensativo.

— Só sei que, depois que você desapareceu, vigiei aquela marinha muito de perto durante meses até o Adamastor decidir tirá-la do ateliê. Durante aquele período, ela se revelou inofensiva, sem nada de sobrenatural que denunciasse a Monalisa presa ali.

— Acho que ela só pôde dar sinal de vida quando me aproximei do quadro agora, no século XXI.

— Porque era você.

Houve um silêncio pesado entre os dois. Inácio respirou fundo e, do bolso, tirou uma passagem aérea para Belém, no Pará.

— O voo sai amanhã cedo, do Aeroporto de Congonhas — disse. — Não consegui para antes, pois um conhecido meu precisa de algumas horas para arrumar um novo documento de identificação para você poder embarcar.

— Ahn?

— Você viajará com um nome falso e com uma nova idade, 21 anos, o que aumentará a sua segurança. Ele vai me entregar o documento amanhã, antes do embarque.

— Eu...

— Também pedi um passaporte. Se for o caso, tiro você do país.

— Mas...

— Sei que devia ter te consultado, mas não posso me arriscar a perder você de novo.

— Inácio...

— Você ficará com um amigo meu, no Pará. Acho que é longe o suficiente e...

— Nós devemos enfrentar juntos aquela sucuri.

— Não. Eu criei a confusão. Vou desfazê-la sozinho.

— Você não teve culpa se...

— Talvez não tenha culpa, mas sou o responsável. Duas pessoas morreram porque *ela* foi atrás de mim em São Vicente e me viu olhando para a Aurélia. E aquela menina só tinha dezessete anos, Leandra! Tirei a vida dela, destruí a felicidade do Carlos e...

— Chega, Inácio.

Ele silenciou. A garota tomou-lhe as mãos.

— Não é você o monstro — disse, carinhosa. — Se me esconder em Belém te deixará mais tranquilo, vou sem problemas. Só precisarei avisar a minha avó.

— Ela já me ligou, mas deixei cair na caixa postal.

— Deve estar superpreocupada. O que vou dizer para ela?

— Diga que foi passar uns dias com sua amiga Duda na casa dos tios dela, em Campos do Jordão. Você sempre vai para lá.

Não deixava de ser assustador que o rapaz soubesse tanto da vida pessoal de Leandra. Ela pensou nas centenas de fotos que postava na Internet, como um diário de bordo que informava o que fazia a cada passo. Essa transparência é que assustava.

— Monalisa ainda demorará a entender o funcionamento do século XXI — Inácio acreditou. — Isso nos dá algum tempo de vantagem.

CAPÍTULO 16
A gravação

Havia horas que Leandra saíra sem avisar. No entanto, tal atitude só preocupou a avó, bastante acostumada às escapadas da adolescente, quando o porteiro interfonou para ela.

— *Dona Lucinda, um segurança da Pinacoteca pede para a senhora descer* — ele explicou. — *É sobre a sua neta.*

Ela largou o poema que digitava no *notebook*, em seu quarto, trancou o apartamento e desceu para o térreo. Estava sozinha; a empregada não vinha nos finais de semana.

— Um vizinho nos disse que a senhora é a avó da jovem que desmaiou no outro dia na sala das marinhas — justificou o segurança. — E, como o porteiro nos contou que ela saiu e ainda não veio, achei melhor chamar a senhora.

— O que houve?

Tomando o cuidado para não a alarmar ainda mais, ele pediu que o acompanhasse até a Pinacoteca, onde lhe mostraria cenas gravadas pelas câmeras de segurança do local.

Em um dos computadores numa sala da área administrativa, o segurança apresentou-lhe uma sequência de imagens mostrando Leandra em três diferentes dias e horários. Outro homem, o chefe do setor, fazia-lhes companhia.

Na primeira sequência, a neta tentava tocar uma das marinhas que a câmera não chegava a enquadrar. Foi retirada pelo rapaz que Lucinda identificou como Inácio.

— Parece ser um bom menino — ela comentou.
— Foi quando se conheceram.

Leandra não se sentia bem, um tanto zonza. Piorou na outra sequência, feita na tarde seguinte, quando desmaiou. Novamente o rapaz apareceu e chamou por ajuda. Da sala a jovem foi retirada numa maca, após ele acionar pelo celular uma ambulância.

— Esta terceira sequência foi feita hoje, pela manhã — disse o segurança.

Trazia Leandra e Inácio chegando juntos à mesma sala. Ela mexia no celular, colocava os fones. Ele cobriu as orelhas com objetos minúsculos, possivelmente tampões de ouvido. Juntos, tocaram o mesmo quadro de antes.

Nesse segundo, um brilho intenso ofuscou toda a cena.

— A gravação sofreu alguma pane aqui — analisou o segurança.

Em segundos, ela retornou para os dois jovens. Boquiaberta, Lucinda viu que a neta mudara de roupa: usava um vestido velho, do século retrasado, e tinha os cabelos mais compridos...

Como Leandra pudera se trocar tão rápido? O relógio da gravação corria normalmente, sem nenhum salto gigantesco entre as cenas antes e pós-clarão.

Inácio e a garota demonstravam medo diante de uma terceira pessoa que a gravação não registrara entrando no aposento.

— Aliás, nenhuma das outras câmeras registrou a entrada dessa loira na Pinacoteca — contou o segurança, adivinhando-lhe o raciocínio.

— Ela não pode ter brotado do nada! — disse Lucinda.

— Achamos que a senhora poderia ter uma explicação para isso — argumentou o chefe.

— Infelizmente não tenho.

Inácio cobriu as orelhas de Leandra, colocou-se à sua frente e tomou a dianteira para lidar com a loira que, de costas para a câmera, tinha uma postura ameaçadora. Foram interrompidos por um adolescente, que com o celular começou a gravar os três. Um amigo juntou-se a ele para fazer o próprio vídeo.

Outras imagens exibiram a loira correndo pela

Pinacoteca e depois Inácio levando Leandra para os fundos do imóvel.

— Foram embora de moto — disse o segurança.

— Pena que o funcionário do estacionamento não tenha anotado a placa.

— Eles fizeram alguma coisa errada? — questionou Lucinda.

— Não. Mas é melhor a senhora ver isso também.

Ainda usando o computador, o segurança abriu uma página na Internet, onde localizou um dos vídeos feitos pelos adolescentes. Nele, a loira aparecia de frente, metida em um longo vestido vermelho. Era muito bonita e também monstruosa, com uma língua de cobra que estalava no ar.

Deu para ouvir os adolescentes rindo e comentando a situação, e a voz de Leandra avisando que ensaiavam uma apresentação de teatro. Ela foi enquadrada depois com Inácio no terraço, de onde a câmera do celular gravou a fuga estabanada da loira pelas pistas da avenida praiana.

— O segundo vídeo mostra praticamente a mesma coisa — disse o segurança. — Ambos estão bombando na Internet.

Lucinda não sabia o que dizer.

— Esse material já atraiu a imprensa, que não para de ligar para cá — disse o chefe. — Obviamente não divulgaremos o conteúdo gravado por nossas câmeras internas. Para os jornalistas, estamos endossando a história do tal ensaio para o teatro. Realizado, claro, sem a nossa autorização.

— A Leandra não faz teatro nem costuma andar

de moto por aí — contou Lucinda. — E nunca vi a moça loira.

— Os dois PMs que aparecem no vídeo vieram depois conversar conosco para entender o motivo da fuga da loira. Foi quando vimos o registro das câmeras de segurança. Ninguém entendeu nada.

— Os PMs estão acusando a minha neta de alguma coisa?

— Não, fique tranquila. A questão é que toda vez que sua neta e o namorado aparecem aqui ocorre alguma situação inusitada. Como essa que não sabemos como explicar.

— Talvez a senhora possa nos ajudar com alguma informação — tentou o segurança.

Não havia nada. Lucinda só pensava em Leandra, aflitíssima. E se algo horrível tivesse vitimado a neta? Ela sumira com o rapaz... E se ele fosse um bandido?

— Vou ligar para a minha neta... Ah, tenho o número do telefone do Inácio registrado no meu celular — recordou-se. — Ajuda?

Nem Leandra nem o rapaz atenderam às ligações de Lucinda e do segurança. A Pinacoteca ia fechar para o público e a avó, vendo que não seria mais útil, achou melhor regressar ao apartamento. Lá checaria sua agenda, ligaria para as amiguinhas da neta, enfim, uma delas deveria saber onde a Leandra se metera.

"Eu não queria, mas acho que terei que ligar para

os pais dela", refletiu, já na calçada e prestes a entrar em seu prédio. Recomeçava a chover.

— Fiquei observando você — disse uma jovem, aproximando-se. Vestia uma imensa capa de chuva, que a cobria da cabeça aos pés. — A amiga do Inácio tem o mesmo tipo de nariz que o seu, a mesma boca... Vocês são parentes?

De testa franzida, Lucinda avaliou-a. Foi tomada pelo medo ao reconhecê-la como a loira com a língua de cobra.

Um sibilo, sussurrado pela jovem, magicamente acalmou-a.

— O que ela é sua?

— Neta — a avó sentiu-se intimada a responder.

— Sou mesmo muito esperta! — elogiou-se a jovem, satisfeita com a descoberta. — Que tal irmos para a sua casa, vovó?

CAPÍTULO 17
Mentiras

Haveria algumas horas pela frente antes do embarque, na manhã seguinte. Inácio sugeriu um hotel próximo ao aeroporto, onde poderiam descansar um pouco, porém Leandra estava com saudades demais de casa para concordar com ele.

No estacionamento do *shopping*, a garota novamente pôs o capacete, calçou as botas de borracha e vestiu por cima das roupas a jaqueta e a calça impermeáveis.

— Vamos voltar e comprar uma capa de chuva para você — disse ao rapaz, que só tinha o segundo capacete.

— Não precisa.

E mais uma vez ele apanharia chuva enquanto ela seguiria protegida na garupa da moto.

Na portaria do prédio em que morava, no Butantã, Leandra pegou as chaves extras de seu apartamento e, gentilmente empurrando Inácio para o elevador, percebeu o quanto ele chacoalhava de frio.

— Nem adianta me dizer que você já está acostumado com as nevascas do hemisfério norte ou algo do tipo — ela resmungou. — Vou te colocar num banho bem quente e de entupir de chá com limão e mel!

O rapaz só olhou para ela, emocionado por tê-la de novo ali, ao seu lado, preocupando-se com ele.

No apartamento, Leandra largou-o no banheiro e foi buscar algumas roupas do pai, no guarda-roupa do quarto principal. Na volta, aproveitou que Inácio estava na ducha, deixou sobre a pia as peças secas, pegou as molhadas, inclusive o moletom e as que estavam numa sacola, e tratou de matar as saudades da lavadora de roupas. Assim que terminasse de bater, seria só jogá-las na secadora. Tão prático... No varal, aproveitou um cabide que já estava pendurado para colocar nele a jaqueta de couro.

O difícil foi segurar as lágrimas quando se permitiu relaxar e ficou só observando cada cantinho daquele apartamento em que vivia desde que se entendia por gente. Admirou os porta-retratos pendurados numa parede do corredor, as fotos dela ainda bebê, aos cinco anos, no décimo aniversário, passeando em Serra Negra aos treze anos com os pais e a avó... O retrato do avô que não conhecera, pois ele morrera muito jovem...

O abraço de Inácio confortou-a. As roupas tinham ficado enormes nele, pois o pai de Leandra era corpulento.

— Você não secou direito os cabelos — a garota reparou.

— Eles secam sozinhos.

— Vou preparar o seu chá e depois usarei meu secador para dar um jeito neles, tá?

Ele teve que aceitar. Acabou indo para a sala, onde se espalhou no sofá e ligou a TV para assistir ao noticiário. Leandra foi ao seu encontro alguns minutos depois, levando uma caneca com o chá fumegante.

— Quantas saudades de você também, querida TV! — ela brincou.

Encolhido, Inácio adormecera. Como a garota descobriu ao tocar-lhe a testa e o pescoço, ele estava febril.

Com pena de acordá-lo, ela o cobriu com uma manta e, pegando o controle remoto, foi se sentar no sofá ao lado. Em outro canal, optou por uma maratona que reprisava episódios de uma de suas séries policiais favoritas.

No intervalo, criaria coragem de ligar e mentir para a avó.

— *Onde você se meteu, mocinha?*

Leandra ligava do celular novo, do número também novo. Primeiro falou a verdade, que perdera o aparelho anterior. Depois vieram as mentiras. Que estava entediada em Santos, por isso voltara sozinha e sem avisar para São Paulo, que ia com a Duda para a casa dos tios dela, que não sabia ainda quantos dias ficariam por lá.

— *Mas onde você está agora?* — insistiu Lucinda.

Deveria continuar mentindo, dizer que já estava com a amiga. Não conseguiu.

— Aqui em casa, vó. Vim pegar umas coisas e depois vou encontrar a Duda.

— *Não, senhora! Você vai ficar quietinha aí, me esperando. Precisamos conversar!*

De relance, Leandra espiou Inácio. Era melhor achar o termômetro na gaveta dos remédios e checar-lhe a temperatura. Talvez ele precisasse tomar um antitérmico.

— Tá, vó — cedeu a garota. — Espero você aqui.

Lucinda não ia gostar nem um pouco de descobrir o rapaz sozinho com a neta no apartamento. Por outro lado, se ela acreditasse no perigo que todos corriam... Poderia acompanhá-la na viagem a Belém, dar aqueles conselhos de que tanto precisava.

Só a própria Leandra sabia quanta falta a avó fazia naquela situação tão difícil.

Lucinda chegou bem antes da meia-noite. Avisada pelo porteiro, Leandra recebeu-a na saída do elevador e conduziu-a para o interior do apartamento.

Claro que a avó fez uma careta de reprovação ao passar pela sala e ver o rapaz, porém não emitiu nenhum comentário. Devidamente medicado, ele engatara um sono profundo, apesar dos sons da TV ligada.

Em seu quarto e após fechar a porta, a neta nem teve tempo de se explicar. Lucinda sibilou-lhe um feitiço para que obedecesse ao seu comando.

Apavorada e zonza, Leandra descobria que aquela não era quem aparentava ser.

Se o monstro se transformara em Lucinda, então...

— Você matou a minha avó! — deduziu.

— Não a matei porque não sou burra! — retrucou Monalisa, com despeito. — Eu me transformei nela e, depois, a mandei se esquecer de mim e dormir por uns dois dias. E foi assim que eu a deixei, dormindo na própria cama, tão inocente a boa velhinha...

Leandra torceu para que ela estivesse falando a verdade. Com sorte, Inácio acordaria... O revólver ficara em um dos bolsos da jaqueta de couro, pendurada para secar na área de serviço. Bastava pegá-lo e...

Monalisa tinha pressa. Ela se despiu, obrigou Leandra a fazer o mesmo e, agindo como uma artista prestes a iniciar uma escultura, estudou sua modelo de cima a baixo antes de começar a própria transformação.

Com nojo e fascínio, Leandra assistiu-a retirar uma por uma suas várias camadas de pele, numa espécie de *show* bizarro em que o monstro cantarolava e se retorcia numa dança esquisita.

No ápice daquele espetáculo, sua nova aparência desabrochou, a réplica perfeita da original.

Monalisa tornara-se igual a Leandra.

— Inácio vai me amar porque agora sou você! — comemorou o monstro. — Nós dois viveremos tão felizes... E sempre visitaremos "minha" avozinha Lucinda e os "meus" pais, que daqui a pouco voltarão da viagem ao Uruguai...

A verdadeira Leandra fervia de ódio, os olhos inundados por lágrimas.

— O que vem agora? — disparou, enfurecida. — Viro seu jantar?

— Estou sem fome. Devorei há pouco o homem que me trouxe de Santos. Como era mesmo que ele se autodenominava? Taxista?

A garota lamentou aquela perda. Quantas vítimas mais a sucuri faria, agora que estava livre?

— Já sei. Você vai me prender em algum quadro.

— Não, feiosa. Será muito pior.

Da bolsa que trouxera, Monalisa tirou o vestido vermelho, o mesmo que usara como Aurélia.

— Coloque em você — mandou.

Com um sorrisinho, mal esperou a outra se vestir para se gabar de seu plano.

— Quando dormimos, baixamos todas as barreiras que nos protegem — contou. — Ficamos mais vulneráveis, sem qualquer defesa...

Leandra terminou de fechar o último botão.

"Inácio!", pensou, com um calafrio.

— O que fará a ele?

— Sussurrarei em seus ouvidos um feitiço — detalhou Monalisa. — Farei com que toda vez que ele olhe para você veja a aparência da Aurélia, que ele ainda julga ser eu.

— Não...

— Sim, sim! Ele achará que você não é você e sim a cruel Monalisa.

— Você não...

— Adivinha o que mais? Qualquer palavra que você disser, ele ouvirá como um sibilo... E a certeza de que eu sou a Leandra e que a Monalisa é você só aumentará. Viu como sou genial?

Com curiosidade, a falsa Leandra apanhou no chão as roupas que a verdadeira tirara. Aproveitou apenas a minissaia.

Depois, fuçando no *closet*, achou um *top* justíssimo, que pôs para completar a vestimenta, e sapatos de salto agulha, pelos quais se apaixonou. No local, escondeu as peles descartadas na mutação.

— Ah, estou adorando este futuro! — disse para si mesma, diante do próprio reflexo em um grande e retangular espelho colado à parede.

Ao sair do quarto, deixou de propósito a porta aberta para que Leandra a visse se debruçar sobre Inácio, no sofá, e em seus ouvidos despejar as mentiras que o enganariam.

— Mate-a... — a sucuri completou, despertando-o.

CAPÍTULO 18
Ataque

Na TV, uma detetive perseguia um criminoso pelas ruas de Nova York. A valente personagem gritava em inglês; a cabeça de Inácio misturava pensamentos em francês e português.

Confuso, o rapaz sentou-se no sofá. Demorou a lembrar que estava no Brasil. Em São Paulo. Com Leandra.

A manta escorregara para seus joelhos e ele ficou olhando para ela, sem entender, a cabeça doendo, o corpo também.

Havia algo mais do que os sintomas de alguma virose: a velha e infelizmente familiar sensação de repulsa, a vontade de vomitar que subia pelas suas entranhas.

— Monalisa está aqui — sussurrou-lhe Leandra.
— Mate-a!
Foi quando ele avistou o monstro em pé no quarto, com a aparência de Aurélia e o mesmo vestido vermelho.
— Fuja... — ele disse para Leandra.
Teimosa como sempre, ela não saiu do lugar. O monstro também não. Aguardava por ele.
Inácio levantou-se e seus pés enrodilharam-se na manta, o que o desequilibrou. Foi Leandra quem o impediu de cair.
— A sucuri vai nos atacar! — a garota avisou.
O estômago do rapaz pareceu dar voltas, um gosto de *pizza* azeda preenchendo todo o interior da sua boca até o nariz.
Ainda se segurando em Leandra, Inácio deu alguns passos. Estranho que Monalisa não aproveitasse sua vulnerabilidade para atacá-los... Talvez por que ela mesma estivesse enfraquecida por mais de um século numa prisão.
Nesse instante, dos lábios do monstro saíram sibilos melódicos... Algum feitiço que não o afetou e não exerceu qualquer influência em Leandra.
"Tem algo muito errado acontecendo", Inácio pensou.
— Anda, vá matá-la! — gritou Leandra, irritada com tanta lerdeza.
Ela estava certa, aquela era a oportunidade de agir.
"O revólver... Onde o deixei?"
Guardara-o no bolso da jaqueta. Para onde Leandra a levaria, junto com as roupas molhadas?

— Pegue o revólver — ele cochichou para a garota.
— Onde?
Ela não deveria saber?
Ele só indicou o corredor que terminava na cozinha, o último cômodo antes da área de serviço, para onde Leandra seguiu correndo.
Inácio foi para o quarto. Com raiva, notou que Monalisa usava os brincos de Leandra.
— O que você está tramando agora? — disse ele, suspeitando que o monstro o guiava para alguma armadilha.
Com as costas das mãos, Monalisa retirou as lágrimas em seus olhos. A seguir, em um movimento cauteloso, abaixou-se e pegou o celular do bolso da jaqueta nova de Leandra, caída no chão. Com alguns toques na tela — e Inácio boquiaberto por vê-la tão rapidamente dominar aquela tecnologia —, abriu a página de uma rede social, que mostrou para ele. Escolhera o perfil da inexistente amiga Thaís Helena.
De repente, o jorro do vômito imergiu com fúria. Fez o rapaz se dobrar e, obrigando-o a se apoiar na porta, despejou cada pedaço de sua refeição mais recente.
Era como o seu corpo reagira todas as vezes em que fora enfeitiçado.
Nesse minuto, a garota com o revólver surgiu atrás dele, mirando no único alvo que pretendia eliminar.
— Não atire... — disse Inácio, endireitando-se, apesar das pernas bambas.
— Mas...

— Vamos castigá-la primeiro.

— Achei que...

— Ela merece mais do que uma morte rápida, provocada por um disparo que chamaria a atenção da vizinhança inteira.

— Castigá-la... — repetiu a garota, pensativa. — O que sugere?

A verdadeira Leandra não sabia dizer se exibir o perfil da Thaís Helena teria feito Inácio compreender a situação. O rapaz parecia desfocado, como se não fosse ele mesmo. Até que ponto Monalisa o controlava?

Quando ele sugeriu que fossem para a cozinha, o monstro soltou um "então vamos", automaticamente um comando para Leandra acompanhá-los, embora continuasse ameaçando-a com o revólver.

No corredor, escorando-se na parede para não cair, Inácio olhou para os porta-retratos. Se ele enxergava Monalisa toda vez que via Leandra, isso também ocorreria ao vê-la nas fotos? Com um fio de esperança, Leandra acreditou que sim. O rapaz franziu a testa, como se buscasse concentração.

Diante do fogão, liberou o gás encanado e acendeu todas as bocas. Monalisa empalideceu, porém se manteve na ofensiva.

— Ouvi falar que as cobras são os animais que mais temem o fogo — disse Inácio. — Vamos descobrir se é verdade.

Ele achou numa gaveta da pia uma toalha de mesa, cuja ponta fez questão de incendiar. Quando o fogo atingiu metade do tecido, ele se virou para as duas mulheres. Usaria aquela arma improvisada como um chicote.

Amedrontada, Leandra quis recuar; não conseguiu, presa ao feitiço da obediência. Inácio avançou contra ela, mas foram os braços de Monalisa que ele atingiu com as chamas. O monstro berrou, caindo para trás e perdendo o revólver, que agilmente o rapaz recuperou.

Foi para ela que ele apontou a arma. E na sua frente largou a toalha para que terminasse de arder. Tomada pelo pavor, Monalisa retrocedeu ainda mais, refugiando-se entre o armário e a geladeira.

— Retire os feitiços que lançou em mim e na Leandra — exigiu Inácio.

Monalisa não titubeou, imediatamente sibilando algumas palavras. Como se correntes de ferro fossem retiradas de seus pulsos e tornozelos, Leandra sentiu-se livre. O mesmo efeito sentia Inácio.

Ele respirou fundo, girou o tambor da arma.

— Se me matar, significa que consegui corromper o seu coração — disse Monalisa, tentando recuperar algum poder sobre ele.

— Já matei cobras antes.

— Mas nenhuma que também é gente. Será um assassinato, Inácio. E a sangue frio.

Um novo giro no tambor.

— E se a gente a amarrasse... e a amordaçasse também? — disse Leandra. — Daí, com calma, pensaríamos no que fazer.

— Poderíamos chegar a um acordo — endossou Monalisa.

— Não confio em você — retrucou Inácio.

— E não deve confiar mesmo...

Fez com tanta agilidade que nenhum humano seria capaz de detê-la. No segundo em que a última fagulha se extinguia na toalha, Monalisa enrodilhava-se à Leandra ao retomar sua aparência de sucuri, a cobra imensa que trituraria a garota antes que Inácio pudesse piscar.

Monalisa, no entanto, permitiu que ele piscasse e ainda abaixasse a arma.

— Solte-a — disse o rapaz.

Não era um pedido, tampouco uma ordem. Ele iria negociar, o que aterrorizou Leandra tanto quanto a iminência de ser esmagada.

Como demonstração, Monalisa apertou-a até que os ossos da garota estalassem e ela, sem que pudesse impedir, gritasse de dor.

— Eu adoeço quando você me enfeitiça — contou Inácio. — É isso que quer? Manter-me sob feitiços que acabarão me matando de tanto que vomitarei?

O corpanzil verde e lustroso da cobra enroscou-se mais e mais na vítima, que não conseguia mais respirar.

— Deixe-a viver e eu irei com você — o rapaz propôs, a mesma proposta do passado.

"Não se sacrifique por mim!", Leandra teria implorado, se pudesse. Sufocava, sua visão escurecia.

Decidido, Inácio encostou o cano do revólver na própria testa.

— Mate-a e eu morro junto — ameaçou.
"Não!"
Mais um aperto e Leandra deixaria de existir.
O rapaz fitou Monalisa nos olhos. Ia acionar o gatilho.
Perdê-lo não estava nos planos da sucuri. Embora ainda estivesse furiosa, ela afrouxou a prisão. Leandra perdeu o equilíbrio e caiu de quatro, engolindo ar numa ânsia desesperada.
— Tenho a sua palavra de que virá comigo por livre e espontânea vontade? — cobrou Monalisa.
— Sim — disse Inácio.
Ele desviou o rosto para não enfrentar Leandra. Na área de serviço, abandonou o revólver sobre a lavadora, pegou a jaqueta no varal e vestiu-a.
Já Monalisa, outra vez como humana, aproveitou para bater em Leandra e deixá-la inconsciente.
— Não a matei! — a sucuri defendeu-se quando o rapaz passou pelas duas, rumo ao corredor.
— É melhor você se vestir — ele resmungou.
Monalisa acatou o conselho. Perdera roupas e calçados durante a mutação.
Sorrindo para a rival pela última vez e sem mais nenhuma ameaça para provocá-la, ela deixou a cozinha.

CAPÍTULO 19
Decisões

Havia muitas novidades

neste século, tanto a se explorar...

Ah, como era romântico viajar na garupa do transporte que chamavam de moto, agarradinha a Inácio... Ele não seria feliz, é verdade, porém a faria tão feliz que isso compensaria tudo o que sofrera para tê-lo à sua disposição.

Monalisa identificava-se com o espírito aventureiro do rapaz. Primeiro rodariam pelo litoral brasileiro até o Nordeste, parando para descansar à noite em pousadas rústicas ou dormindo ao ar livre em praias desertas. Em seguida, poderiam percorrer o interior do país...

Quando se sentisse satisfeita com aquela alta dose de brasilidade, ela faria planos para uma longa e duradoura viagem ao exterior. Começariam por Paris, obviamente. Estava ansiosa para embarcar em um avião. Na ida até São Paulo, o taxista contara-lhe que hoje se gastavam poucas horas para chegar à Europa, ao contrário de arrastados dias numa travessia de navio.

O bom é que Monalisa não precisaria mais armazenar suas refeições. Poderia manter o hábito de devorá-las frescas e surpresas, do jeito que mais apreciava. Claro que Inácio tentaria impedi-la, ela precisaria enfeitiçá-lo para que não interferisse, depois ele vomitaria... Enfim, uma chateação só.

Pelo que recordava, o rapaz não era de falar muito, mas isso era o de menos. Ela poderia conviver muito bem com os seus silêncios e com a tristeza que iria corroê-lo por dentro.

Com os anos, ele ficaria igual a Altair. Também morreria aos poucos, apenas sobrevivendo hora após hora com o único desejo de que cada uma delas fosse a última. Por isso Altair tentara matá-la no trem. Não para se livrar do monstro e sim para finalmente morrer em paz.

No fundo, Monalisa não dava a mínima para o que Inácio sentiria, desde que ele lhe pertencesse, inteiramente dela e só dela.

— Quero ir para um hotel que tenha banheira! — definiu.

Estava louca para mergulhar na água e, com calma, lamber suas queimaduras. Quando o sono viesse, dormiria tranquila como sucuri, tão bem enrolada a Inácio que o mundo poderia explodir.

Nem escutaria.

Ainda faltava muito para o dia nascer quando Leandra recuperou a consciência, o mesmo instante em que uma sombra se projetou sobre ela.

A garota achou que Monalisa retornara; podia jurar que vislumbrava uma sucuri. Depois — e não menos assustada — viu que a sombra tomava a forma de um homem. Após apagar as bocas ainda acesas do fogão, ele acendeu a luz da cozinha e se agachou à direita de Leandra, numa postura inofensiva.

De ascendência indígena, aparentava uns trinta anos de idade. Mais alto e muito mais bonito do que Inácio, vestia-se como um roqueiro grunge, com direito a bermudão, tênis esgarçados e à clássica camisa xadrez de flanela e mangas compridas. Leandra sentou-se e, direta, encarou-o.

— Sou Norato — ele se apresentou. — E achei você por causa dos vídeos na Internet.

Em seu celular, ele reproduziu a sequência gravada por um dos adolescentes na Pinacoteca, após Monalisa sair do quadro. A garota não se espantou com o número de acessos, que continuaria crescendo.

— Você é quem estou pensando que é? — perguntou.

Ele sorriu, confirmando.

— Você nos seguiu?

— Não — ele respondeu. — Foi ela quem rastreei até aqui após descobri-la viva, em Santos.

— E o que fará agora?

— Resolver o que já devia estar resolvido. E você? O que fará?

Leandra não ficaria para trás. Só precisava trocar de roupa, se desfazer daquele vestido horroroso e, mais importante, se preparar para o confronto.

— Vou com você — decidiu.

EPÍLOGO
O alvo

— Você não vai sair daí, sua cobra preguiçosa? — provocou uma voz conhecida.

Inácio despertou primeiro. Despido numa banheira cheia d'água e com Monalisa na versão sucuri enrodilhada em seu corpo, ele sucumbira ao sono após a febre dominar sua aversão pelo monstro. Não era assim que teria que viver dali para frente? Controlando-se, fingindo, sendo quem jamais seria. Lentamente matando a si mesmo, porque aquilo jamais seria vida.

— Vai, cobra! — a garota insistiu. — Ou terei que ir até aí?

Monalisa entreabriu os olhos cheios de ódio, numa ameaça muda e perigosa. Inácio fechou os punhos, tenso e apavorado. Leandra tinha enlouquecido? Ela os encontrara no hotel em que passavam a noite...

Viera por ele, para resgatá-lo de uma promessa que o rapaz não podia quebrar.

"Você vai morrer!", ele se desesperou.

Na escuridão do banheiro, apenas o luar, pelas frestas da persiana do vitrô, delineava o vulto feminino junto à porta aberta.

O corpanzil da sucuri ergueu-se na água, voltou-se para a recém-chegada. Preparava o bote para abocanhá-la... Inácio atirou-se para fora da banheira, ergueu-se entre as duas.

— Temos um trato, Monalisa — ele lembrou.

— Eu disse que não a mataria... Mas não que a pouparia das minhas dentadas!

Ela o empurrou, tirando-o da frente, e se lançou contra Leandra. O rapaz caiu de modo estabanado no piso de lajotas, trombou contra o vaso sanitário. Simultaneamente, houve um baque tão forte que estremeceu o local.

— Vem! — chamou Leandra, puxando-o dali rumo à escuridão do quarto ao lado.

Inácio tropeçou em outro corpanzil de cobra.

— Cadê suas roupas? — disse a garota. E apertou um interruptor de luz.

Quando o ambiente foi iluminado pelas lâmpadas de um único lustre, o rapaz viu a parte de trás de uma segunda sucuri com a mesma aparência esverdeada da primeira. Fora nela que tropeçara.

— É o Norato, gêmeo da Monalisa — revelou Leandra. — Aquele mesmo da história que você me contou. Que pensava que tinha matado a irmã, lembra?

No banheiro, Norato bloqueava Monalisa para impedi-la de sair.

— Mas aquela parte do leite e tal deve ser invenção do povo — Leandra teorizou. — Como podemos confirmar, ele nunca deixou de se transformar em cobra!

Vendo que Inácio, mesmo com as explicações, estava aturdido demais para reagir, ela pegou as primeiras roupas ao seu alcance, a bermuda e a camisa xadrez tiradas por Norato. Na pressa, não encontrou nenhum sapato. Inácio teria que se virar descalço mesmo.

— Você se veste no caminho! — resolveu ao arrastá-lo com ela.

Metros adiante, ele aproveitou para pôr as roupas quando Leandra parou para disparar o alarme de incêndio no corredor, uma medida necessária apenas para alertar o restante do hotel. Estrondos violentos vindos do banheiro ecoavam naquele andar, o segundo, e já espantavam os hóspedes dos quartos vizinhos.

— Se eu fugir, a Monalisa matará você — disse Inácio, desistindo de acompanhá-la. — Não posso quebrar o trato.

— Você falou que iria com ela e não que ficaria com ela! — rebateu Leandra, pensando em termos literais.

— Se o Norato perder... Não conseguirei mais proteger você e...

— Que droga, Inácio! Pare de agir como um cavalheiro do século XIX e me ajude a salvar você!

Ele não resistiu mais. Com ela desceu correndo as escadas, em meio ao pânico dos outros hóspedes e dos funcionários que também escapavam.

Em poucos minutos estavam na rua, dessas estreitas e tranquilas, mesmo tão próximas a avenidas. De lá, olharam para cima, para o ponto do edifício onde estariam as duas sucuris. Garoava e uma intensa neblina escondia as construções mais distantes, a maioria casas e prédios residenciais de dois ou três pavimentos.

— Ué, cadê o incêndio? — disse um dos hóspedes.

— Nem fumaça tem... — comentou outro.

— Vai ver que foi uma simulação — acreditou um terceiro.

Inácio e Leandra entreolharam-se. Os sons da luta não chegavam até eles.

Nesse minuto, o impacto contra uma janela estourou os vidros, os dois monstros engalfinhados um no outro. Entre os estilhaços, ambos desabaram metros abaixo até se estatelarem na rua. Um deles por baixo, sem querer amortizando a queda do outro, que rolou para o lado e se ergueu como se tudo não tivesse passado de um simples tombo. Ao achar Inácio, cravou nele o olhar assassino.

O rapaz não teve dúvidas sobre quem vencera a luta. Ainda no chão, Norato não se mexia mais.

À volta deles, as pessoas gritavam e fugiam, despertando a vizinhança para uma manhã que ainda não começara. Dobrando a esquina, uma *van* teve que frear bruscamente para não atropelar ninguém.

— Some daqui! — Inácio quis despachar Leandra.

Sozinho correu até a *van*, tirou o motorista do volante e, ao se posicionar em seu lugar, pisou fundo no acelerador.

Foi com tudo para cima da sucuri.

Derrubou-a, achou que a esmagava. Nisso, o veículo foi lançado por ela para o alto, virou no ar e caiu com o teto para baixo. Sem o cinto de segurança, o corpo de Inácio seguiu o movimento, batendo contra o que estava ao redor. Parou de cabeça para baixo, todo torto, sangrando e sentindo a dor aguda de algum osso quebrado.

Possessa, Monalisa veio atrás dele, arrancou a porta do carro, abocanhou o rapaz pelo ombro e arremessou-o para fora.

Inácio foi parar junto a um meio-fio. Mais sentiu do que realmente enxergou Monalisa vindo em sua direção. Aquela sucuri tinha vários ferimentos espalhados pelo corpanzil, mas nada que a afetasse com gravidade.

— Você terá a pior das mortes! — Ela o alcançava, a bocarra já aberta, com todos os dentes maciços e pontiagudos à mostra. Inácio seria estraçalhado.

Pronta para o ataque, Monalisa inclinou a cabeça para trás.

Um tiro atingiu-a de raspão, o que a deteve. Inácio lembrou-se do revólver abandonado na área de serviço. Leandra o achara.

Apontando a arma para a sucuri, a garota mandou que se afastasse do rapaz. Foi obedecida.

Monalisa, no entanto, já tinha provado sua superioridade em reviravoltas. Armou um novo bote, Leandra errou o segundo tiro, a sucuri saltou sobre ela e enrolou-a em um novo aperto mortal, imobilizando-a.

Inutilmente Inácio tentou se levantar.

— Monalisa, não faça isso... — gemeu.

— Você não tem mais moral para propor qualquer trato! — o monstro esbravejou. — Cale-se e aguarde a sua vez de morrer!

Sua boca escancarada cobriu a cabeça de Leandra. Ia arrancá-la.

— Chega, irmã! — Norato se fez ouvir. — Quando você aprenderá a agir como uma adulta?

Ele recuperara sua aparência humana. Cambaleante e com muitas e profundas marcas de dentes pelo corpo nu, vinha até eles.

Ultrajada pela bronca que julgava injusta, Monalisa preferiu reavaliar suas prioridades. Libertou Leandra, que tossindo deslizou para o chão, e foi até o gêmeo. Era ele quem mais odiava entre todos, inclusive o casalzinho que poderia esperar alguns minutos por sua vingança.

— Ah, Norato, sangue do meu sangue... — ela ruminou, cheia de rancor. — Como pôde me trair? Você tentou me matar!

— Alguém precisava impedi-la de cometer tantas maldades.

— Eu o amava!

— Você nunca amou ninguém, irmã. Não consegue.

— Como não? Pois eu amo aquele indiozinho ali — E indicou Inácio. — Mas ele também me traiu. Sofrerei muito ao matá-lo... Da mesma forma que sofrerei após matar você!

Para endossar a decisão, Monalisa evocou um novo feitiço e com ele foi ampliando a própria altura, largura, força... Seus ferimentos tornaram-se simples arranhões. Crescia, poderosa.

Perto de Inácio, Leandra parara de tossir. Ela se sentou e depressa entendeu o que viria.

Fragilizado como estava, Norato jamais seria páreo para tão incrementada ameaça.

— Adeus, irmão — a gêmea sibilou.

Outra vez abria a bocarra.

Então, um novo tiro foi ouvido. Acertou a nuca da sucuri, seguido por outro e mais outro, até toda a munição do revólver de Inácio ser descarregada naquele único alvo.

Ao tombar aos pés de Norato, Monalisa estava morta.

Tremendo, Leandra jogou longe o revólver e veio até Inácio. Chorava de alívio, medo e nervosismo.

— Não sei como fiz, mas fiz! — disse a garota, abraçando-o. — Achei que ia errar, que acabaria acertando o Norato por engano... Minha nossa! Eu consegui destruir o monstro!

Após tantas horas de tensão e angústia, a adrenalina começava a abandoná-la.

Inácio quis dizer o quanto ela foi corajosa, que jamais sairia de perto dela enquanto ela o quisesse por perto... Mas não haveria tempo. Perdia os sentidos, induzido pela exaustão e pela intensidade da dor.

— Amo você... — balbuciou num tremendo esforço de lucidez.

Nunca mais desperdiçaria uma oportunidade, principalmente quando Leandra precisava tanto dele.

Com suavidade, ela beijou os seus lábios. E foi essa doçura que o rapaz levou consigo até recuperar a consciência mais tarde, numa cama de hospital.

Um funcionário do hotel já ligava para o pronto-socorro, pedindo uma ambulância. Sirenes da polícia cortavam o ar e celulares gravavam a cena, mas ninguém conseguira registrar toda a ação.

Nem o momento em que Norato despediu-se com tristeza da irmã gêmea e, ainda cambaleando, misturou-se às últimas sombras da noite.

Caderno de imagens

▲
[1]
Benedito Calixto. *Autorretrato*, 1923.
Óleo sobre tela, 50,2 x 40,2 cm.
Doação Joaquim Bento Alves de Lima, 1947.
Coleção Museu de Arte de São Paulo Assis Chateaubriand [MASP.002810]. Foto João Musa.

◄ [2]

[Fragmento] Fotografia de Benedito Calixto em seu ateliê, construído nos fundos de sua casa em São Vicente, litoral paulista. **Acervo de Celso Calixto Rios.**

◀ [3]
[Fragmento] Fotografia de Calixto finalizando uma de suas obras mais importantes, *Naufrágio do Sírio*, em 1907. **Acervo de Celso Calixto Rios.**

◄ [4]
Benedito Calixto.
Naufrágio do Sírio,
século XX. Óleo sobre
tela, 160 x 230 cm.
**Acervo do Museu de
Arte Sacra de São Paulo.**

◀ [5]
Benedito Calixto. *Baía de São Vicente*, década de 1900.
Óleo sobre tela, 45,5 x 70,5 cm.
Acervo da Pinacoteca do Estado de São Paulo.
Foto Isabella Matheus.

Benedito Calixto. *Porto de Santos*, 1895.
Óleo sobre tela, 36,3 x 68 cm. **Acervo da Pinacoteca do Estado de São Paulo, Brasil.** Coleção Brasiliana/ Fundação Estudar. Doação da Fundação Estudar, 2007.
Foto Isabella Matheus.
[6]

▲
[7]
Benedito Calixto. *Rampa do Porto do Bispo em Santos*, 1900.
Óleo sobre tela, 41 x 86 cm.
Doação Joaquim Bento Alves de Lima, 1947.
Coleção Museu de Arte de São Paulo Assis Chateaubriand [MASP.00278]. Foto João Musa.

▲
[8]
Benedito Calixto. *Itanhaém, Largo do Cruzeiro*, 1917.
Óleo sobre tela, 50,5 x 102 cm.
Acervo do Museu de Arte Sacra de São Paulo.

◄ [9]

Benedito Calixto. *Ladeira do Carmo*, século XIX/XX.
Óleo sobre tela, 53 x 73,5 cm.
Acervo do Museu de Arte Sacra de São Paulo.

▲
[10]
Benedito Calixto. *Ruínas da Casa Forte do Tempo de Martim Affonso, em São Vicente*, 1921.
Óleo sobre tela, 53,5 x 73 cm.
Acervo do Museu de Arte Sacra de São Paulo.

Benedito Calixto. *Igreja do Brás, em 1860*, 1919.
Óleo sobre tela, 68 x 92 cm.
Acervo do Museu de Arte Sacra de São Paulo.
[11]

Benedito Calixto. *Recolhimento de Santa Teresa*, século XIX/XX.
Óleo sobre tela, 45 x 58,5 cm.
Acervo do Museu de Arte Sacra de São Paulo.
[13]

◄ [12]

Benedito Calixto. *Paisagem*, 1910 - 1920.
Óleo sobre tela, 45,5 x 70,5 cm.
Doação Charles D. Grommon *in memoriam*
de Maria Augusta Morestzsohn, 2001.
**Coleção Museu de Arte de São Paulo Assis
Chateaubriand** [MASP.01329]. Foto João Musa.

Benedito Calixto. *Antigo pátio do colégio*, século XIX/XX.
Óleo sobre tela, 47,5 x 73 cm.
Acervo do Museu de Arte Sacra de São Paulo.

[14]

◂ [15]
Benedito Calixto. *Baía de São Vicente*, 1916.
Óleo sobre tela, 42 x 72 cm. **Acervo
da Pinacoteca do Estado de São Paulo.**
Foto Isabella Matheus.

Benedito Calixto. *Paisagem (São Vicente)*, 1919.
Óleo sobre tela, 66,5 x 126,6 cm.
**Acervo Artístico-Cultural dos Palácios
do Governo do Estado de São Paulo.**
[16]
▼

▲
[17]
Benedito Calixto. *Ponte Pênsil*, 1914.
Óleo sobre tela, 70 x 125 cm. **Acervo Artístico-Cultural dos Palácios do Governo do Estado de São Paulo.**

[19]
Benedito Calixto. *Padre José de Anchieta*, 1897.
Óleo sobre tela, 115,6 x 112,5 cm. **Acervo do Museu de Arte Sacra de São Paulo.**

◀ [18]
Benedito Calixto. *As perobeiras*, 1906.
Óleo sobre tela, 144,7 x 89,7 cm. **Acervo Artístico-Cultural dos Palácios do Governo do Estado de São Paulo.**

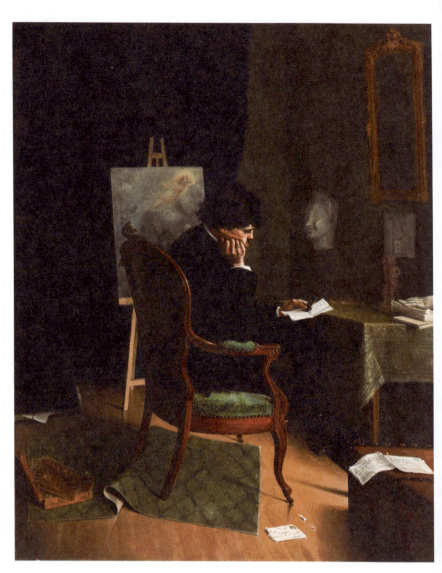

▲
[20]
Benedito Calixto. *Longe do lar*, 1884.
Óleo sobre tela, 61,3 x 50,3 cm. **Acervo da Pinacoteca do Estado de São Paulo.** Doação de Lais Helena Zogbi Porto e Telmo Giolito Porto. Foto Isabella Matheus.

ARTES E ARTISTAS
Bellas Artes

O dia de hontem, na Escola Nacional de Bellas Artes, foi consagrado ao *vernissage* da 5ª exposição geral, que se inaugura hoje com as solemnidades do estylo.

O agrupamento de obras de arte que ali se encontra excedeu á espectativa de sua organização, e basta citar o nome dos expositores e o numero de trabalhos enviados ao certamen artistico, para bem se avaliar a importancia dessa exposição:

Angelo Agostini (10 quadros); D. Alina Teixeira (5); Almeida Junior (7), achando-se entre elles o grande quadro — *Partida da monção*; Rodolpho Amoedo (3); Armando Mendonça (5); Aurelio Figueiredo (2); Ballester (5); Henrique Bernardelli (23); Felix Bernardelli (7); Pedro Bolato (16); Brocos (3); Benedicto Calixto — *Vista panoramica de Santos*; Chambelland (2 crayons); D. Anna da Cunha Vasco (13 aquarelas); D. Maria Cunha Vasco (12 aquarelas); Carlos Alberto de Agostini (*fructas*); Della Gatta (2 aquarelas); Delphim da Camara (*Retrato*); Alberto Delpino (5); Octavio Dornelles (7); D. Edméo Cruls (3); D. Francisca Emilia de Campos' (*Natureza morta*); Augusto Luiz de Freitas (1, *In Deo speravi*); Insley Pacheco (37, sendo 15 a goache); Eugenio Latour (2 aquarelas); Cardiglia Lavalle (*Au clair de la lune*); João Macedo (3); J. Fernandes Machado (5); Madruga Filho (6); D. Maria Clara da Cunha Santos (3);D. Mary Manso Sayão (6); Oscar Pereira da Silva (5); Augusto Petit (14); D. Anna Porto Alegre (4); Luiz Ribeiro (5);Rosalvo Simões (2);Souza Pinto (3); Frederico Steckel (8); Benno Freidler (4); Visconti (11); Weingärtner, Villaça, Prati e Santoro (1 cada um).

Secção de architectura:
Henrique Bahiana — Prospecto de um hospital de bericbericos.

J. L. M. Berna — 9 trabalhos; Morales de los Rios, 2.

Esculptura — Expositores —Rodolpho Bernardelli,Correia Lima, D. Julieta França e Silva Pereira.

Gravura de medalhas e pedras preciosas — Girardet — 6 trabalhos.

Amanhã trataremos da festa inaugural e salientaremos alguns trabalhos dentre aquelles que se impoem logo aos visitantes no primeiro relance.

A exposição geral da Escola Nacional de Bellas Artes continúa aberta e será encerrada no dia 15 do corrente mez.

O jury de pintura da exposição de bellas artes fez o julgamento dos trabalhos expostos, conferindo os seguintes premios: *Premio de viagem*, ao alumno da Escola de Bellas Artes Augusto Luiz de Freitas, discipulo de H. Bernardelli, pelo seu quadro *In Deo speravi*; 1ª *medalha de ouro*, ao pintor Almeida Junior, pela sua grande téla *Partida da monção*; 3ª, *medalha de ouro*, ao pintor Madruga Filho, pelo seu quadro *Vieux Saules* (n. 181 do catalogo), tambem exposto no *Salon de Paris*; ao pintor italiano Romualdo Prati,pelo unico quadro que expoz (n. 214 do catalogo) *Olha!* ao pintor Insley Pacheco pela sua *Gonache* n. 147, e ao pintor italiano B. Parlagreco, pelo pastel *Carmen* (n. 195 do catalogo);

Menção, ao pintor Benedicto Calixto pela sua *Vista panoramica de Santos*; ás amadoras, senhoritas Maria e Anna da Cunha Vasco, pelas aquarellas *Bananeiras e Ladeira dos Guararapes*; e Mary Manso Sayão pelo seu *Retrato* (n. 189 do catalogo).

A exposição geral de bellas artes, que hontem foi muito concorrida, continúa aberta das 10 horas da manhã ás 4 da tarde.

▲
[22]
O jornal *O Paiz*, em sua edição de 8 de outubro de 1898, sábado, divulga a lista das obras premiadas na 5ª Exposição Geral de Belas Artes. **Acervo da Biblioteca Nacional - Brasil.**

◀ [21]
O jornal *O Paiz*, em sua edição de 1º de setembro de 1898, quinta-feira, cita o *vernissage* e lista os artistas participantes da 5ª Exposição Geral de Belas Artes. **Acervo da Biblioteca Nacional - Brasil.**

SOBRE A AUTORA

Helena Gomes nasceu no município de Santos, litoral de São Paulo, em 12 de setembro de 1966. Publicou 40 livros, com títulos finalistas no Prêmio Jabuti e no Prêmio da Fundação Nacional de Literatura Infantil e Juvenil (FNLIJ), com Selo Altamente Recomendável, adotados por escolas e selecionados por programas de governo, como PNBE e Apoio ao Saber. Uma paixão da autora que vem desde a infância são as aventuras cheias de reviravoltas e, claro, magia. Helena, que também é jornalista e professora universitária, mora na cidade paulista e litorânea de São Vicente com sua família e suas gatas, trabalhando muito para que a tradição oral e suas histórias tão antigas quanto o tempo não sejam esquecidas neste mundo tecnológico.

Você pode conhecer mais sobre a autora em seu *site* pessoal: helenagomes-livros.blogspot.com.